擁有勇氣、信念與夢想的人，才敢狩獵大海！

獵海人

海水藍藍

洪明傑 著

自序

一回，讀莫言在史丹福大學的一篇演講，說飢餓與孤獨是他創作的根源，文中說到的飢餓，讓我讀得驚心動魄。他說，那個飢餓的年代，甚麼都吃，吃戶外的野菜，野菜吃完了，就吃樹葉，樹葉吃完了，就啃樹皮，村子所有樹幹幾乎被啃得遍體鱗傷。大家因此練得一口銳利的牙齒，一位從事電工的同夥，出門工作不須帶工具，電線經他牙齒一咬應聲而斷。他為了逃離飢餓，聽說有人因領了稿費三餐可以吃餃子，讓他羨慕得不得了，因而立下從事寫作的決心。又說，由於童年獨自在無邊無際的原野放牛，除了天上的雲，飛過的鳥，只有那幾頭牛為伴。孤獨下，讓他大做白日夢，練就了無限延伸的想像。

這事觸動了我對自己的審視及一些想法，我又是怎樣想寫作的呢？其實，就記憶所及，我童年喜歡繪畫甚於寫東西，根本沒有書寫觀念與想法。記得那時，見到三國志的尪仔標如獲至寶，臨摹起尪仔標的人物，人物的衣冠，所持的各式武器，完全著迷沉醉於畫畫裡。唸小學，上學會經過街上一家小書店，書店的書不多，有學生模範作文、良友、尺牘大全、情書不求人之類的書。放學，我會鑽進去瀏覽一番，很快就將書店的書讀遍了，小腦袋瓜還自以為博覽群籍，將天底下的書給讀完了。那時所處環境很難找到適合孩子閱讀的書，我記得曾讀過自軍中流出給阿兵哥看的「革命軍」，也曾讀過不知從何處來的書刊，但都不是兒童讀物。

不可否認的，閱讀文藝一直是我工作之餘消遣解悶的活動，其間，偶而投稿，不過為數不多。真正有空閒不受干擾寫東西、畫畫，還是我離開職場以後的事。所以我寫作動力說起來很平常，沒甚麼特別的，主要還是有了空閒，有了閒暇，有了屬於自己的時間可以塗塗寫寫；孤寂的成分也是有的，剛到北美環境的陌生朋友的缺少，對於我寫作塗鴉尋求樂趣有一定影響。我不得不承認血液裡一直流竄著創作激情，一有機會就冒出頭來想畫張畫或寫點甚麼，大概從中可獲得喜悅與滿足吧。我喜歡無中生有而具美感的東西，一張空白紙張繪畫成一幅美麗圖畫，一份空白稿紙成就了一首耐人咀嚼回味的詩篇或是一篇雋永散文，一直是我的練習及期望獲得樂趣的泉源。

這本散文集又是一次練習過程的紀錄，有我成長的家鄉金門，故鄉曾遭受戰事無情的摧殘，但土地仍堅忍哺育著一代又一代的鄉人。「家鄉的迎城隍」、「有土產美味的節慶」等節日紀事，「陳坑海濱」、「風雞的故鄉」等風光剪影，試著留下島鄉的點滴風貌。時代快速變遷，家鄉也不能避免，典雅美麗的古厝一棟棟被拆解改建成樓房，屋齡超過一世紀的「老家兩落大厝」，則是想為家鄉曾經擁有的古厝聚落群留下一點蹤跡。

台北唸書及工作的時間，幾乎直追我在故鄉成長的歲月，台灣有我太多的回憶與懷念，「想起那瑰麗落日」、「尋訪巷弄裡的人文」、「迪化街127號」都是這樣的情懷。最近一趟返台，我幾乎走遍陽明山國家公園的大小步道。那秀麗的山巒，隨風起伏的芒草，不含一點人工雜質的自然美景，與世界各地景點相較毫不遜色。我連續寫了「絕塵秘境八煙」、「天母古道」、「偏向虎山行」、「縱走聖人瀑布擎天崗步道」等篇章，並貼文在我的部落格。我好想分享走這些步道的喜悅心情及珍惜我們所擁有的美麗大地。

「春雪」、「冬景」、「西端街景」以及「櫻花舞春風」等是我旅居北美，對不同文化、環境、氣候的回應。還有，我仍然無法忘情對藝術的那份摯愛，

「吻」、「善於裝扮女人的雷諾瓦」、「莫內的蓮花」、「竇加的芭蕾舞者」、「邱吉爾與小布希總統的畫」等，便是這個心情下的產物。

文學藝術一直是我的信仰，當遇到挫折時，鼓舞著我，受傷時，撫平我的傷口。讓我認識日子有了它們，生命更為亮麗多彩。我相信，我會繼續不停的練習寫、練習畫。

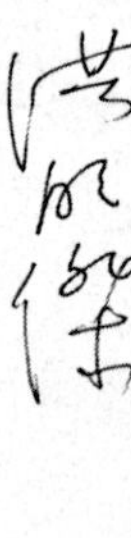

二〇一五年五月於溫哥華

目次

輯二

輯三

輯四

輯一

香水百合（粉彩44.5 × 33cm）：洪明傑

一件毛背心

北國的冬日來得又快又急，原本還是處處繽紛燦爛的楓紅，經數日連綿細雨後，緊接著颳起強風，樹上葉子幾乎被掃落得精光。一度造成數萬戶住家的停電，氣溫也急遽下降。

天氣冷了，從衣櫃取出了毛背心，這是件咖啡色毛背心，是母親為我編織的。那年，離開家鄉，臨行時母親為我們全家每人織了件毛衣。母親知道我喜歡穿寬鬆的衣服，特別將這背心織大一些。每到冬天，天氣轉冷我便將這背心拿出來加添。

母親編織的毛背心（金門）　攝影／洪明傑

說到母親編織的毛背心，我不由得想起昔日幾件母親做女紅手藝的往事來。打從我童年上小學背的書包，便是母親縫製的。每次背起那卡其布縫製的小書包上學，心裡就充滿喜悅與驕傲。記得母親也幫我們縫製帽子，說來好笑，現在回想，那帽子的樣式與對岸共軍的帽子幾乎是一個樣，或許，那時兩岸正同時流行這款帽子。只是對岸土黃色的軍帽有一顆紅色星星；而我的藍色帽子，別著一個可愛小徽章。

除了書包、帽子，母親也縫製衣服。童年是個艱困的年代，每到過年母親除了忙著清洗內外、蒸糕、拜拜，便是張羅孩子的新衣服。為了讓孩子過年能像其他人家的孩子有新衣服可穿，母親常常絞盡腦汁想盡辦法。記得有一年，母親跟大街上賣布匹的親戚賒欠一大匹卡其布，在過年前，趁著忙完家務的夜裡趕工，一件件的車、一件件的縫。我仍忘不了那寒冬，午夜醒來見母親仍在一燈如豆下，聚精會神手搖著縫紉機縫製衣服的畫面。

母親也繡枕頭套、布門簾。母親先縫好白色枕頭套，然後找來花草圖案，以複寫紙將圖案複製在枕頭套上，接著繡上各種色彩的繡線。臥房的門簾是一塊遮門的白色布匹，外頭上方又多了一小截白色的「門簾頭」，圖案就繡在這一截布上。繡上花草、鳥兒，有時也繡上「吉祥」、「如意」等字句。

想到一根毛線可以織成一件毛衣的神奇，就讓人讚嘆！而母親編織的毛背心還有菱形正反兩面的簡單圖案變化，對於編織毛衣沒有一點概念的我看著圖案經常看得出神。雖然我喜歡這件毛背心，也為母親仍有充沛的精神、一雙靈巧的手感到高興，但我不忍讓她老人家費這麼多心神與眼力。

記憶的味蕾

內人與女兒邀我喝下午茶，看她們吃著比司吉（Biscuit）飲著咖啡的陶醉樣子，讓我羨慕不已！每次當她們發現一種新口味貝果（Bagel）或是加了迷迭香、蒜或甚麼香料的餅乾找我品嘗，並問我「好吃嗎？感覺如何？」還沒等我回答，她們便異口同聲代我回說「差不多！」因為她們興奮地吃到好吃的糕點，想有人附和，我都給這樣的答案，讓她們氣得牙癢癢的。其實，這是我的肺腑之言，食物令我垂涎欲滴激動興奮者，唯有海鮮。我羨慕有些人吃了一小塊巧克力、一片精緻蛋糕、幾個香脆餅乾……，感覺興奮滿足的，因為這些食品總是比我愛吃的海鮮垂手可得。

記憶裡我想不出有那一種糕點經時空的沉澱，仍然在我的記憶裡煥發著光彩，想到就回味無窮的。而吃海鮮讓我印象深刻，閉著眼睛就能想到好多美好的經驗。雖然這些記憶不是吃鮑魚魚翅之類的珍饈，但每一想起總讓我感覺幸福。

小時候母親常買回家鄉閩南語稱作「黃隻」及「凸目」十來公分長的小魚，這兩種全身銀白發亮的小魚是漁家於附近海域捕獲的，送到市場新鮮十足。母親將魚洗淨抹了細鹽，然後，放入鍋內煎得焦黃；還沒吃，便聞得那濃濃的香味，吃時，香脆好吃。雖然魚刺較多，但大人總是以筷子將魚從中折成兩半，魚刺多的魚頭這半留給自己，少刺的尾巴則給孩子。後來幾次返鄉，再未見這些新鮮美味的小魚。

當大閘蟹盛產時期報上大肆報導，我沒嘗過這享有盛名的螃蟹，不知其美味。不過，在家鄉吃過的螃蟹卻讓我永遠難忘。記得母親僅簡單的以清水蒸熟，熟時香氣四溢，打開蟹殼蟹黃累累，沾些蒜末醬，佐以家鄉的香醇陳高真是絕配。

來北美，住處附近有不少道地的廣式茶樓，閒暇時我喜歡與朋友到茶樓喝茶聊天，來自香港的朋友總會點些魚片粥、瘦肉粥的，但吃過的粥總沒有記憶中多年前冬夜的那碗海產粥美味。年輕時負笈台北，自家鄉搭軍方登陸艦赴台，海上風浪大，經過二十多小時顛簸，抵達高雄碼頭已是飢腸轆轆疲憊不堪。軍用卡車隨即將旅客接駁到火車站轉乘其他交通工具，到車站已是凌晨兩三點。就著路燈到車站對面的小吃店隨便找點吃的，而有熱湯的海產粥是我的首選。記得那碗海產粥僅有兩個蝦子數粒海蚵及蛤蜊，摻些薑絲及蔥花，但那湯頭的鮮美至今難忘。

後來幾次人在高雄，特地走訪六合瑞豐等夜市海產攤，但總尋不回昔日那粥的味道。或許，食物的美味有時也含有情境因素。

地瓜稀飯有餘甘

小時候，總想不通家中的長輩怎會那麼喜歡地瓜稀飯，沒想到現在自己也愛上了。

有段時間，家裡只有我自己一個人開伙吃飯，每天腦袋就像雷達般搜索思考當日的菜單。一開始還自鳴得意，以為很有見地想到可以吃西式三明治。便興沖沖到超市買來供三明治用的煙燻牛肉片、火雞肉片、生菜、喜歡的沙拉醬Sun-Dried Tomato。心想，再沖杯咖啡喝一切完美。吃過幾次，這創意很快被打敗了。倒不是我挑食或吃膩了，主要是冬天現烤土司一下就涼掉了，少了那香脆口感。更讓人卻步的，吃過生菜沙拉全身由內往外冷起來，只得回歸中式熱騰騰的飯菜。

當然，一個人吃飯以簡單營養為主，通常安排一道青菜，一道葷菜，量控制在兩餐吃完；這樣，第二餐將飯菜微波可吃，省去又忙廚房的事。雖說是一個人吃飯，可一點也不含糊，該爆香炒青菜的，該加蠔油炒芥藍的……一點都不馬虎，認真做廚藝就不會厭煩。葷食以魚為主，市面上的魚類有的腥味過重，有的肉質過軟，最後選擇此地盛產的鮭魚。又發現從韓國進口的鯖魚，將魚身抹鹽油煎後加幾滴檸檬提味，香酥好吃，頗有日式風味。後來，又有一個聲音叩問自己，弄鍋滷菜不是更簡單省事嗎？有時就滷一鍋加了茴香的肉、蛋、豆腐乾、海帶或甚麼的滷菜。

連續吃兩餐乾飯有時實在太撐。質問的聲音又起，突然靈光一閃，晚餐可吃清淡些，何不吃地瓜稀飯？地瓜的香甜米湯的黏稠不易散熱，絕對是冬夜理想餐食。

冬天夜裡吃碗熱騰騰的地瓜稀飯是幸福的，倒讓我想起台北的一段往事來。有一陣子，服務的學校為了推廣成人教育，在晚上開了才藝班，幫我排了陶藝課。等著上課我便四處逛櫥窗、書店，順便找吃的。學校旁的紅油炒手、信義路的鼎邊銼、仁愛路九如的麵食、永康街高記的肉粽……，幾乎吃遍附近的小吃餐館。但沒有一種餐食可以持久連續吃幾回不膩的，直到吃了復興南路的地瓜稀飯，漂泊的晚餐外食才算靠了岸。

昔日復興南路有一整排相鄰店面，專賣青菜小粥。每當華燈初上，一整排小吃店冒著縷縷白煙，暖暖的黃色燈光吸引著人們來覓食。那熱氣蒸騰的地瓜稀飯，配上幾碟可口小菜，讓人食慾大開，吃也吃不膩。猶記得那鍋湯汁油亮滾燙冒泡的紅燒豆腐是我的最愛。

已多年沒經過復興南路這路段了，不知這些青菜小粥店是否還在？

一段被遺忘的日子

一日，在陽明山二子坪見一以水泥砌成的標語牌，一般遊客可能淡淡地看上一眼就算了，但對我來說卻有濃郁的情感在。仔細端詳了上頭的文字，且走近拍了張照。標語內容「移山填海，反共抗俄」，陰文字體塗以紅漆，最上方一個國民黨黨徽，是昔日駐守山上部隊建的。我感覺格外親切，像遇到多年未見的朋友。

年少時，家鄉以彈丸小島駐紮著數師的兵力。為了提振士氣，防區的碉堡、營區、精神堡壘、戰備要道，都有標語。不

「解救大陸同胞」標語（金門）　攝影／洪明傑

只碉堡，國軍佔用的民房，有著磚牆紅瓦閩南式大厝的牆上也是標語。早期的標語有「反共抗俄，殺朱拔毛」、「檢舉匪諜，人人有責」、「還我河山」、「解救大陸同胞」等。最常見的有「中華民國萬歲」、「蔣總統萬歲」，另外就記憶所及還有「服從最高領導」、「枕戈待旦，光復大陸」、「主義領袖國家責任」、「軍令如山，軍紀似鐵」……。最響亮是「三民主義統一中國」、「生活不怕苦，工作不怕難，戰鬥不怕死」的金門精神。弔詭的是昔日高高矗立於大二膽，讓對岸頗感礙眼的巨型標語「三民主義統一中國」，現今成了廈門船家招攬遊客「海上看金門」必遊的景點。

幾次返鄉，想尋訪這些標語，通衢要道及駐軍碉堡仍可見到一些，但古厝外牆的標語已寥寥無幾。老厝由於年久失修、改建、傾圮，保存下來的已不多，而飽經風霜留存下來的外牆標語，文字大抵斑駁漫漶。

這些標語見證了一頁活生生烽火連天的歲月，一段已被遺忘的時光。

記得回來看我

初次見到鱟這種海中生物的人一定對其奇特的外型感到驚訝，鱟除了有一根長長的尾刺外，還有堅硬如鋼盔般的外殼，因此，鄉人稱其為鋼盔魚。牠存在地球已有四億多年了，可說是一種活化石。鱟喜歡在泥灘爬行，出現總是雌雄成雙，又有鴛鴦魚之稱。

記憶中，童年偶見有人提著鱟在市場兜售叫賣。有一鄰居嗜吃鱟肉，經常買來宰食，常引來一群好奇孩童圍觀，煮食時，以薑絲爆香，香氣彌漫空氣中。另一

貼著標籤，放流入海的鱟（金門）　攝影／洪明傑

印象深刻的，有人將鱟的部份外殼清洗曬乾後，在上頭彩繪並寫個王字。其形狀類似老虎面貌，懸掛於門楣上作為驅邪避凶之用。離開家鄉後，我已多年沒再見到鱟了，而目前鱟已列入保護生物，沒有人再宰殺了，也不再作為驅邪物了。

昔日兩岸對峙時，海岸邊都屬管制區，使得鱟的棲息地受到完好保護，泥灘濕地時有鱟的蹤跡。近年來，大環境受到汙染及修堤建港，使得鱟的繁殖受到影響，數量也逐年減少。那日，在報上讀到金門水產試驗所，將於古寧頭北山出海口復育放流鱟的活動。將放流鱟苗十五萬條，成鱟十五對，這事讓我頗感欣喜，除了可再度見到暌違已久的鱟，家鄉保護瀕臨絕種生物的努力令人讚賞，便打了電話詢問水試所，確定放流的地點。

在往古寧頭的路上，新建及經林相改造後的馬路讓人有些陌生，路旁的杜鵑花已悄悄地綻放，紫色馬櫻丹則四處蔓延於路旁護坡上。昔日路兩旁為防風造林的木麻黃已被翠綠的樟樹所取代。來到古寧頭海邊，空氣含著些許海藻味，白色沙灘迤邐數里，岸邊護衛海疆的碉堡已功成身退，但仍默默屹立於海風中。

沙灘上已整齊排列著數十個白色小塑膠桶，工作人員正忙著將鱟苗放入一個個小桶中。那大小約一公分全身透明的鱟苗在桶內上下翻滾游動，狀極可愛。主辦單位邀來國小學童及高職學生參與放流，保護生態將在學子的心中萌芽滋長。他們興奮地提著小桶、提著成鱟涉水走入海邊，小心翼翼地讓鱟苗及成鱟游入海裡。

一位綁著馬尾的可愛學童，將桶中的鱟苗慢慢倒進海水後，還頻頻揮手，提醒鱟苗「記得回來看我喔！」

海軍藍外套

最近感覺家裡的兩個女人怪怪的！

先是耶誕節過後，送她們到商場逛，我則到附近的圖書館翻翻書報，約好時間來接她們。回到商場，妻與女兒已在約定的地方等候，遠遠看到我時，臉上堆滿笑容好像發現了甚麼似的。妻興高采烈地說，找到一件適合我穿的外套，隨即引領我走向那服飾店。途中仍不忘數落我回台灣獨自購買的衣服顏色過於暗沉，說有年紀的人應該穿亮一點的顏色。

我買的那些服飾可是台灣甚受年輕人喜歡的品牌，這N牌服飾穿起來不但帥氣價錢也合理。前不久有一國際知名品牌進駐台北101，這Z牌服飾曾在台灣造成旋風轟動一時。我看電子報上顧客大排長龍等著搶購，才恍然驚覺附近的商場好像也有一家。後來，再去確認，果然是這Z牌名店沒錯。這可不能怪我孤陋寡聞，怪只怪這家名店，未曾有過洶湧的人潮引人注意。那日，我特地駐足男士的櫥窗前仔細觀看，發現我從台灣帶回來的服飾正與這黑色系列不謀而合，剪裁頗多相似之處。心中暗自竊喜，買到的服飾能與世界接軌，沒想到還是過不了妻的檢驗。

進到店內，妻快步從架上取來一件海軍藍有肩帶及銀白色拉鍊的外套，肩帶及口袋也有銀色金屬鈕扣裝飾。當我試穿時，她倆頻頻點頭稱好，我脫口而出說「穿這外套像似個演藝人員，像是另一個青蛙王子！」兩個女人怕我不從，七嘴八舌不斷遊說「人家演藝人員穿的可是又加上亮片的……。」

又一日，女兒嫌我的髮型老是像「阿伯的髮型」，兩個女人又竊竊私語硬押著我到她們常去的美髮店整理。臨剪時，女兒還不忘走向美髮師Admond叮嚀說：「盡量幫我老爸剪年輕一點！」Admond果然身手不凡，飛快的剪刀此起彼落，吹乾頭髮後，幫我抹了髮膠，然後將前方的頭髮挑高定型。看了這髮型似曾相識，好像在哪裡見過，對了，我想起來了，像那膾炙人口的漫畫「丁丁歷險記」裡的丁丁前頭那一撮頭髮。一路上，兩個女人不只一次得意地說「變年輕多了！」我心想，假若頭髮打薄挑高可以變年輕，我應該像美髮店鄰座那位年輕人，將頭髮削得高高的，只留下從後腦勺到前額的一串「雞冠」。

當晚，我頭上頂著丁丁的髮型，穿起海軍藍有銀色金屬鈕扣的外套，照著鏡子看了又看，我不知道我是否真的變年輕了。不過，臉上仍難掩歲月的風霜，鼻子兩旁延至嘴角的皺紋越來越深，甚至一路直奔下頷，讓我對粉飾「歲月的痕跡」一點也沒信心。

不知道兩個女人下一步會不會找我去拉皮？

陳坑海濱

陳坑雖已改名為成功，但鄉人以閩南語交談仍習慣沿用舊名。村莊靠著海邊，村子住著絕大部分陳姓族人。這回再訪已是多年後的事了，對其居高臨下俯視料羅灣的美景讚賞不已，但心中總是有幾分羞赧，島鄉面積僅一百三十餘平方公里，美景如此卻未能深入認識，頗感汗顏。但仔細思忖，說來對陳坑海濱不熟稔也是有原因的。兩岸對峙時海邊是無法隨意閒逛的，又一度村中的陳景蘭洋樓成為官兵休假中心，讓人覺得這裡是屬於軍方的。

大凡有山水之勝風景必佳，陳坑雖沒有山可依傍，但位置與海平面有數丈落差，容易讓人產生錯覺，以為村子屹立於山上。海邊有大小嶙峋岩石交錯堆疊，岩石上遺留著昔日烽火痕跡，有碎玻璃片以水泥黏著在石上的防禦工事、有弟兄構築工事苦中作樂留下番號如「1835宜蘭」、「1826T果子狸」等，附近還有坑道及數座碉堡。斜坡上為了海防而種植的一大片瓊麻、仙人掌仍然不問人間滄桑自顧自地長得一片蔥綠。浪濤拍打著岩岸，水花四處飛濺，間雜著陣陣怒吼聲。遠望料羅灣，正等候進港卸貨的船影點點，另一頭海濱，沙灘晶瑩潔白迤邐連綿數里。

我抵達時已晚，僅參觀陳景蘭洋樓。洋樓落成於一九二一年為陳坑鄉親陳景蘭遠赴印尼新加坡經商致富所建。樓房曾作為醫院、學校、官兵休假中心之用，近年經整修後，室內展示著金門華僑史蹟供遊客參觀。洋樓為兩層樓房，正面有七開間，有兩面旗子交叉的圖案山牆，有裝飾的柱頭、欄杆、拱型迴廊，是金門最壯觀的洋樓。站立樓上極目遠眺，海灣美景盡收眼底。

隔天再度造訪，沿庭院前階梯往下走有一25公頃的海濱公園，依地形有數段階梯往下，可直通海邊。首先映入眼簾的是一處棚架，架上紫藤花開得燦爛繽紛。園內花木扶疏綠徑通幽。路旁有間雅致的「文學茶坊」，設有一寬闊露天平台，原是可歇腳品茗喝咖啡的處所，在此飲茶賞景應是一大樂事。但大門深鎖，聽說生意清淡而歇業。我駐足屋前小徑，環顧四周，聽著陣陣海邊傳來的濤聲，看這處迷人的人文角落，如此被辜負頗感可惜。

來到海邊停車場，有數間漆著偽裝迷彩的昔日軍房已改為文宣展示場所。屋外有一尊國軍弟兄正趴在地上做伏地挺身的雕塑最是特殊，這大概是世上唯一僅有的雕塑了。

見遊客數人於沙灘上挖取蛤蜊，我朝著白色浪花信步走向海灘，偶而俯身撿拾貝殼。回頭，看著沙灘上一路走過的足跡，若隱若現，猶如家鄉的青春歲月，飄渺已遠！

小鳥乖乖

乖乖是家裡飼養多年的一隻小鳥。

多年前有次搬家，那天準備將一些輕便物品先載過去新家。當打開車門，赫然發現車旁蜷伏著一隻小鳥，一對明亮的眼睛注視著我看。鳥兒狀似鴿子，翅膀翠綠發亮，有著尖長的棗紅色喙及腳爪；見了人一點也不驚慌，一副泰然自若的樣子。那時女兒還小，妻從車內打開一片女兒的紙尿片，小心翼翼將小鳥捧在尿片裡。

這可愛少見的小鳥，立刻引來路人及鄰居七嘴八舌的評論。有人根據地緣，說是從烏來飛過來的，有人看到鳥兒如此乖順說，應該是人家養的，籠子沒關好飛出來的，……。妻將捧在雙手的鳥兒上下抖動，試圖讓鳥兒飛走，但鳥兒就是不肯飛。拗不過孩子的要求，想留下來飼養當寵物，以及一種來自心裡的奇特感覺，這天正好是搬家，見鳥兒飛來，讓人有種吉利幸福感，便答應了孩子的要求。

只得先將搬家的事擱一旁，全家大小開著車在大街小巷四處找尋賣鳥籠的店。

原先孩子答應幫忙餵食鳥兒的，但沒幾天照顧鳥兒一切雜務全落在我身上。除了餵食、清潔鳥籠，有時也將鳥兒提到頂樓陽台淋浴。牠的羽毛有防水性，當水灑在身上即刻凝成一顆顆晶瑩水珠，當牠拍拍翅膀抖動身體水便掉光了。鳥兒除了在籠內走動，有時站在橫杆上發出「嗯~嗯~」的聲響，雖然不像有些鳥啼婉轉悅耳，但也不聒噪吵人。這溫馴的小鳥，沒幾天家人不約而同地喚牠「乖乖」。

自從家裡有了乖乖多了不少情趣，孩子會過去逗逗牠跟牠講話，有時放入幾顆葡萄或切丁的木瓜，不過乖乖對水果好像沒多大興趣。孩子有時看乖乖單腳站立，另一腳及翅膀往後伸展，就高興得嚷著來報信說乖乖又做瑜珈了。有時乖乖只做些和緩的運動，雙腳站在鳥籠橫杆上，然後，上半身前傾後又回復原來姿勢，連續這樣的動作。後來買了一套類似百科叢書給孩子，才發現乖乖是隻翠翼鳩，棲息於中低海拔的密林，由於身上的保護色不易被人發現。

剛開始自鳥店買小米給乖乖吃，後來發現路過的一家飼料行賣小雞飼料，顆粒大小還適合乖乖，就在這店買鳥食。鳥籠內一頭放著飼料盒，另一頭放清水盒，長年擺放在前陽台的盆栽間，這裡四季有綠葉遮蔭花卉可賞，且不時有麻雀、白頭翁等鳥兒飛來與乖乖打聲招呼，順便分享乖乖的食物。

春去秋來，轉眼間，乖乖與我們相處了十幾個年頭，帶來無數歡樂也習慣我們的呵護。那年離開台灣，只得依依不捨將乖乖轉託弟弟，後來弟弟無暇照顧將乖乖轉送友人，讓我們好懷念，不知道乖乖現在是否過得還好？

北國的蒼穹，偶而見鳥兒飛掠天際，有時見不知名的鳥兒於枝枒籬笆樹叢間跳躍，或聽到啁啾的鳥鳴，或見小鳥於草地上覓食，往往牽引著我想起乖乖那翠綠身影來。

這戶人家春色滿牆

那日，心血來潮想到逛逛兒時常走的一些窄巷弄。這些巷子自從離開家鄉後，多年未曾再訪。舊日的磚牆瓦房已不多見，取而代之的是一幢幢數層樓高的水泥樓房，心中難免有些失落與傷感。

拐過幾處狹窄曲折的巷子來到這戶人家。這戶人家牆上窗上都吊掛著盆栽，牆邊也是花花草草，有些花盆還刻意做了些裝飾，自娛娛人。有幾個「Welcome」的牌子，本想輕扣門扉，認識這樣雅致不俗的鄉親。

這戶人家春色滿牆（金門）　攝影／洪明傑

最後，打消打擾主人的念頭，在牆邊來回踱了數回後，佇立牆角靜靜觀賞。

風雞的故鄉

與四弟走過西園、官澳、青嶼等幾處金門東北角的海濱，雖然氣溫酷熱，但不影響我們的興致。有時找一處陰涼處坐下寫生，有時拍些海景。故鄉的海岸線，有平坦沙灘，也有嶙峋礁岩，但有一個共同點，岸邊都有氣勢磅礴的碉堡。這些軍事要塞是四弟喜歡的繪畫題材，他畫下了大小金門許許多多堡壘。每次開車出遊，不是經過蔓草掩沒的小徑，就是昔日戰備用的車轍道，而路的盡頭總是一座屹立海邊的碉堡，我戲稱他為「碉堡畫家」。

屋頂上辟邪的風雞（小金門）　攝影／洪明傑

隔日，四弟邀約烈嶼寫生，對我來說，烈嶼並不陌生，多年前曾來此教了一年書。記得昔日搭的渡輪是木造馬達交通船，每日只幾個班次，有時受潮汐影響需以小船接駁，風浪大便要停航。但眼前所見的交通船與航行金廈間寬敞舒適的小三通渡輪並無兩樣，且晚上也有航班，今昔相比，真不可同日而語。車過八達樓子圓環，兩旁種植美麗的大紫薇花，花朵正開得奔放燦爛。路邊田裡芋頭，枝梗直挺葉子油綠寬闊，讓人聯想埋藏土裡的芋頭定是又大又香的，難怪每年烈嶼舉辦的香芋節吸引著大批饕客。

這裡民間仍保留一些辟邪物，用來避邪祈福。說來有趣，與大金門僅一水之隔的烈嶼卻有不同的辟邪物；大金門是風獅爺，而烈嶼以風雞聞名。在「西方」村外觀賞了一座水泥塑造的大風雞，還有一座數公尺高黑臉穿著蟒袍，類似封神榜中李靖造型的北風爺。走進村裡，有一戶人家屋頂立著一瓷製小風雞，另一戶人家的後牆則嵌著一尊數十公分高的石雕風獅爺，雕工樸實小巧可愛。路上所見雖間雜著其他的辟邪物，但仍以風雞辟邪為多。

來到雙口海濱，這是一處美麗海灘，在艷陽照射下，白色沙灘閃爍發亮。遠處有大陸山巒，海上有檳榔嶼獅嶼等小島點綴，海水與天空一片深邃多變的藍色，朵朵高聳的白雲，襯托著海景的迷人。

隨後到紅土溝據點、湖井頭播音站、鐵漢堡、勇士堡等軍事景點，紅土溝據點有一尊士兵及一條豎起雙耳注視遠方的狗兒雕塑，不覺想起昔日夜黑風高浪濤拍岸，人狗間同甘共苦站崗放哨的情誼。那鐵漢與勇士堡間堅苦完成狀如蜘蛛網的地下坑道，再次見證一個時代的信念。

烈嶼以嶄新的面貌迎接新的觀光時代，民情依然敦厚樸實。回程的渡輪上，往日課堂孩童純真活潑的臉龐、討海人邀請吃拜拜的好客，大塊吃肉大碗喝酒的豪情，一幕幕浮現眼前……。

泡湯

十月陽光仍然炙熱難擋，捷運劍潭站旁等候小巴上陽明山的人群，個個撐著傘或戴著遮陽帽子。站牌邊沒有綠樹、建物可遮陰，排在我後頭撐著花傘額頭直冒著汗珠的一位長者，大概久等公車不來想找人聊天，問我說：

「上陽明山泡溫泉啊？」

「沒有，到擎天崗。」

看他輕便的裝扮，我反問：

「你到陽明山泡溫泉？那裡的溫泉？」

「有戶外免費的泡腳，也有全身泡的，一次四十元。」

「時常去？」

「有空就去！」長者露出微微的笑容，還關心地說「你沒帶傘，山上天候多變！」

看著他一臉紅潤，心想懂得自尋快樂的長者，花少少的錢就擁有泡湯樂趣且享受滿山綠意。

這讓我想起日前到日本關西泡湯來，關西行雖短短幾天，但幾乎天天有湯可泡，其中有兩個夜晚讓我印象特別深刻。

有一晚，拉開泡湯拉門，室內像掀開蒸籠般的煙霧瀰漫，一個大池子，冒著滾滾蒸騰的水泡，泡湯的人分坐於池邊或浸泡溫泉裡；一旁是一排矮凳、淋浴水龍頭及清潔用品。當我正享受著水溫，突然發現另一頭有一扇拉門，不時有人急忙進出。有時門沒關好，瑟瑟寒風長驅直入，讓人打起哆嗦。我好奇趨前探訪，原來屋外另有溫泉池。此刻，外面正下著雨刮著風，屋子內外溫差極大。見戶外池中有數人浸泡，我有樣學樣也將熱呼呼白色小毛巾置於頭頂，一個深呼吸便走向室外接受風雨洗禮，然後急速沒入池裡。戶外淋著雨吹著風與大地交融的泡湯方式，一時讓我想起，兒時與玩伴光著身子在野溪池塘戲水的事來。

又一晚，團友邀喝清酒聊天至深夜。聊罷，感覺不泡湯好像有些不對勁，便換了旅館準備的和服前往。旅館位於山上，居高臨下，白天來時見旅館前方海面島嶼羅列，船舶穿梭。一旁有座大吊橋橫跨海上，景色壯闊優美。湯池設在頂樓，場內流瀉著一室輕柔音樂，隔著圍籬可俯視戶外美麗夜景，白天看見的大吊橋在黑暗夜空下不時閃爍著亮光。夜已深，四周一片靜謐，這時，溫泉池只有我獨自一人，僅有那醉人樂音及挪移身體發出的水聲相伴，一個寧靜溫柔的夜！

當我抵達擎天崗果然雲霧飄渺，隨著風一陣陣飄送，濃密時見不到數公尺的景物，還好沒下雨。本以為可以見到漫山遍野的白色芒草花，但甚麼也沒見著，是來得不是時候？倒是山坡上成群牛隻，讓整個山崗生動了起來。嗯，下回應該來探訪陽明山的溫泉！

遛鳥

當台北還籠罩在寒風細雨中，來到高雄卻見有人已穿上了短袖衣物；台灣頭尾不遠，天候差異卻如此之大，不覺莞爾。

清早出外走路，走著，走著，忽然聽見鳥聲喧譁，順著鳥啼方向走入一片樹林，見一棚架下有五六人坐著聊天。不遠處，樹間懸著繩索，繩索上吊掛著十來個鳥籠，趨前一看原來是畫眉，鳥兒在籠內上下跳躍，不時仰著脖子鳴叫。另一頭有較小鳥籠五六個養著綠繡眼。再往裡走，可見零零落落的鳥籠懸掛於樹上，一處斜坡草地，養鳥人拿著捕蟲網，為鳥兒捕捉昆蟲。

許久未見提著鳥籠出外遛鳥的畫面了，我總認為屬於大自然的，就應回歸自然。但一大早提著鳥籠到公園賞玩，應該有其迷人之處，除了可聽清脆的鳥鳴外，是否還有我無從體會的樂趣？心想，何不上網查看。這一查，讓我一時傻眼，突然頓悟「遛鳥」一詞已另有新的定義。出現的資料不是海濱遛鳥客，便是高山、公園的遛鳥俠。「遛鳥」原意已完全被男子裸奔給取代了。

後來與兩位好友閒聊，好友聽我談及此事。其中一人說：「養鳥應該就跟一般養寵物的心情是一樣的。」突然開玩笑地說：「每天清晨遛鳥訓練鳥兒鳴叫，除了樂趣外，有沒可能……我們甚麼都賭，難道鳥鳴聲的清脆悅耳也可以賭嗎？」三人相視而笑。另一位朋友對「屬於自然，回歸自然」頗多感觸。他說：「有陣子流行盆景，有人帶著工具四處挖掘樹木。甚至，有時為了多年盤根交錯的樹頭，硬是將樹的枝葉樹幹除掉，挖取那具美感的樹頭來種植。」接著又說：「那樹木生長於高山岩石間或溪流水涯邊，與周遭的環境搭配不是很美嗎？為何得據為己有，供養於自家狹隘的花盆內？」

過年時，我到訪陽明山、土城承天寺、高雄壽山等登山步道。所到之處林蔭蔽天，鳥鳴唧唧啾啾，天籟之音不絕於耳。或許，這些密林深處才是鳥兒真正的家。

老家兩落大厝

農曆過年，一時心血來潮穿梭於後浦的街坊巷弄想拍一些老房子，才驚覺昔日的老厝已拆得差不多了，舉目所見盡是改建的新樓房。後來到各處村莊，情況相差無幾，老厝不是被拆掉蓋起樓房便是雜草叢生任其傾圮，讓人看了頗多感傷。因此，起了為老家大厝做一簡單紀錄。

家鄉習慣以「落」來稱厝的格局，所謂的「落」是指房子橫向的一列或一排，有多少列就是有多少落的意思。例如：五落大厝，代表從大厝的正面由外往內算起

老家兩落大厝（金門）　攝影／洪明傑

共有五列房子。依我粗淺的了解，兩落大厝應該就是一般所稱的四合院。四合院稱北房為上房，左右兩旁為廂房，南房為客廳或下房，四面相對，中央為庭院，狀如「口」字形，家鄉的兩落大厝就是這樣的佈局。

聽母親說老家的大厝在祖母十七歲嫁過來，這房子就已經蓋好了。照這說法來推算，至今這大厝至少也有一百一、二十年了。大厝的外觀雖然平實沒有富麗堂皇裝飾，但論規格可也是中規中矩的一座大厝。一進門是前廳，接著是庭院，家鄉稱作天井，陽光雨水從這裡進來，是居家晾曬衣物及栽種花草的地方。天井的兩邊是廂房，老家將這廂房當作廚房來使用。後落是大廳，我們又稱後廳，這裡是供奉神明及祖先牌位的地方；大樑上懸吊著天公爐、天公燈及有著姓氏燈號的結婚桔仔燈。

天井的兩側有磚頭砌成的柱子，上頭平放長條石板作為花台，記憶中老家養花都是女人家的事，先前是祖母後來則是母親及大嫂。她們在花台上花盆種植玫瑰、石蓮、百合、胭脂花等各種花草。前廳有的人家中間有座鏤空窗櫺屏風，人員進出由兩邊側門。但自我懂事就沒看過老家的前廳有屏風，不知更早前是否也是這樣的格局。老家的進出全由中間沒有屏風的門，兩邊側門沒有使用。天井有一口水井，昔日沒有自來水的日子，家中有一口井是方便的。記得小時候沒冰箱，孩子們常將西瓜以繩索綁牢放入井內冰涼。庭院因排水孔年久堵住，每遇下大雨蓄積的水像個小池塘，此時，孩子最為高興，摺紙船在水上玩。兩旁廂房的屋頂平鋪著大紅磚，是夏日曬東西的好場所。

門口埕原是鋪著人字形的小紅磚，幾年前兩岸開始往來，鄉鎮整建，改鋪成從大陸買來的石板。昔日這門口埕原是鄉里的通衢要道，家鄉的迎神賽會，農曆四月十二日迎城隍的遊行，都是經過這門口的。後來，前面開了一條更寬的道路，這門口埕便沒落了，再加上四周的樓房紛紛蓋起，老家的四合院便淹沒在一片樓房中。

約兩甲子的老家大厝走過了民國建立、日本入侵、古寧頭戰役、八二三炮戰……，默默承受著百年歲月風霜雨露的侵襲及人為的破壞，至今已略顯疲態。而受創最大的應該是兩岸對峙時，那單打雙不打的日子了。一晚對岸又開始砲擊，宣傳砲彈一發發呼嘯而過，依經驗其中一發炮聲落地很近，大夥的驚嚇不可言喻。果然，砲彈擊中老家的前房，屋角隨即露出一個大窟窿，粗寬的石板應聲斷掉，磚頭塵土四處飛揚。雖經過整修，但牆面已無法恢復舊觀。母親一台心愛的縫紉機也遭這砲擊擊毀，所幸最小的弟弟在房內睡覺卻安然無事，真是不幸中的大幸。

對我來說，童年青少年都在這兩落大厝度過的，這大厝有我濃得化不開的情感與回憶。大廳八仙桌下捉迷藏的興奮、花盆裡玩插枝玫瑰長出嫩芽的喜悅、夏日門口埕沖涼的舒爽……往事歷歷，至今，仍令我難於忘懷。

港灣記事

港灣的波浪起伏蕩漾，像一首抑揚迴旋的歌相互應和共鳴著。

跟這港灣已算是舊識了，年少時，參加救國團的訪問團是我第一次踏上台灣土地，最初認識這港灣的。

其時，兩岸風雲詭譎劍拔弩張，搭乘軍方登陸艦為求保密，通常選在深夜抵達港口。清冷的燈光投射在岸邊房舍、倉庫、兵營，像一幅冷峻超現實畫作。海上陣陣海藻味夾雜著令人作嘔的燃油味。咆哮的軍用卡車不停來回載運換防部隊、旅客及前線的補給，轟隆聲劃破港灣寂靜的夜。

初次與港灣相遇心中是興奮、雀躍與陌生的。機緣相遇總是難於捉摸，隨著時光流轉，沒想到近些年，有了更多親近港灣的機會。對港灣的深情依然，而昔日陌生感已轉為熟稔。

哨船頭是常瀏覽的地方，坐在海浪近在咫尺的岸邊，看著一路無限延伸的浪花起伏，想像也隨著滾滾海水與外界接通。這兒是觀賞海景理想的地點，景色未曾讓人感到單調乏味，忙碌的旗津輪渡幾分鐘便有一班，油輪、貨櫃輪、漁船、軍艦不時穿梭破浪而過。這些年，岸邊多了一批批來訪的大陸客。四處分散於港灣的釣客，則享受怡然自得的垂釣。還記得有一回，見一女孩大聲嚷著：「爸爸，快來看，快來看，釣到好大一條魚喔！」順著聲音望去，她靦腆的弟弟一副無奈的表情，注視著釣鉤上一條約五公分長仍在扭動的小魚。讓人不覺莞爾一笑。

港灣的左手邊矗立著最高樓85大樓，聽說高雄不久將再蓋一棟103層的大廈，在都市競相比高的氛圍下，高雄也輸人不輸陣。右手邊是扼守港灣咽喉的燈塔，是往日搭軍艦來台翹首企盼的目標；昔日，在海上遠遠望見燈塔那如豆的燈光便叫人狂喜不已！無疑的，鼓山與旗津間輪渡是高雄旅遊熱點，將高雄旅遊渲染成多彩繽紛的維度。

散步於旗津沙灘或旗后山上，又是另一種況味。山丘上有一築於清朝的炮台遺址，砲台立於陡峭懸崖邊，現列為國家二級古蹟。沿著小徑可走至往日只能海上遠眺的燈塔；此處居高臨下視野遼闊，可遠望煙波浩渺的台灣海峽，又可回望高雄櫛比鱗次的屋舍。

那一年，一樣燠熱的夏日，在港灣候船準備返鄉，還是女朋友的內人前來送行，家鄉仍處在「單打雙不打」的戰爭陰影下，未來像一團迷霧。兩人走著走著，來到鹽埕區有銀樓街之稱的新樂街，想不到兩位不喜穿金戴銀的人，卻走進一家金飾店買了一對環形白金戒子作紀念。

一段玩火的日子

去年某日昔日老同事劉先生發了伊媚兒說，儲藏室還有我的東西，若回台抽個空過去看看。

夏天，我正巧有返台計畫。那日見到這些存放的東西，如遇多年不見的老朋友，一時思緒飛得好遠好遠。有數本徐氏基金會出版有關黏土釉藥調配的書、陶藝手工具、一些原放在玻璃櫥展示的學員作品、昔日我上陶藝班的講義。

陶藝班是夜間上課，好像是從六點半到九點的樣子，每期對外招收社會人士二十名學員。參加的人相當踴躍，每次額滿，負責報名的金先生便興奮地打電話來說「滿啦！」。

記得那時下午若學校有課，上完課我便留下來等上晚上的陶藝課。因此，利用這空檔出外閒逛，經常沿著仁愛路林蔭道至九如或是某家小吃店吃晚餐。仁愛圓環邊的誠品書店是我常逗留的，這是當時誠品僅有的一家書店。書店從國外引進藝術、設計等印刷精美的書籍讓我愛不釋手，偶而也帶回幾本。有時蹓躂至永康街高記吃蒸餃小籠包等麵食，逛附近有特色的商家。

這些舊物有幾包釉藥的試片，釉藥顏色的測試，釉藥與坯體間搭配的試驗。當我一面看著，一面擦拭試片，昔日上課的影像一一浮現腦際。好像還依稀聽到開窯那一刻，學員滿意的讚賞聲及作品燒裂燒壞的感嘆聲。

我喜歡玩釉藥試片可追溯到學生時代。那時，深為吳讓農老師調配的縮釉、斑駁釉、藍白釉所吸引。吳老師是北平藝專陶瓷科畢業的，一位溫文儒雅的師長。他頭髮經常梳得服貼，穿著整齊畢挺。看吳老師拉坯修坯是種享受，動作從容優雅不疾不徐充滿美感。吳老師曾以三角座標指導做釉藥測試，當時便為那釉藥以不同比例搭配，加上數量不等的氧化劑所產生色彩變化而著迷。由於燒製過程仍可能出現變數，因此，開窯那一刻是所有玩陶者最期待的。

那時到鶯歌尋寶是我記憶最為深刻的，沿著鐵道旁低矮瓦房參觀，觀賞陶藝老師傅拉坏。第一次見到工匠熟練的拉水缸驚歎不已，水缸的深度往往超過人的手臂長，這時需將水缸分成兩部分拉，然後再合成一個大水缸。工匠嫻熟的手藝，在在印證了熟能生巧這顛撲不破的道理。有時也到北投的中華陶藝公司參觀，欣賞那兒瑰麗多變的釉彩。

吳老師曾說：「陶對我來說，永遠是一個謎，永遠無法去把握，變化多端，其中的趣味也不是局外人所能感覺得到的。」或許正是這層原因，讓喜歡玩陶的人，就像飛蛾般不斷往那火堆裡撲。

海水藍藍

聽聞家鄉這個夏日將舉行一系列海邊水上活動：海洋風之夜、海灘花蛤季、金門與廈門間海上長泳……。我一向喜歡水涯，一時，有個不著邊際的想法——慶幸自己生長於一個海水環繞的小島，可以如此親水。而生長於內陸的人可能一輩子難得見幾回大海，想看海，得長途跋涉出外旅行才行。同時，引起我一些家鄉親水的回憶。

童年，住家附近的浯江溪還沒加蓋，溪流成了我與同伴的遊戲場。那時，已有部分河床淤積形成零落的小沙洲，不過仍有一帶清澈水流，迤邐，蜿蜒，潺潺不停流著，溪流兩邊土堤長滿青青綠草。我們通常玩伴三、四人自「大橋頭」入溪中，這裡橋墩時有婦人浣衣。大部分的溪水只淹過腳踝，有些地方深可及膝，夏日炎炎，漫步溪中，沁涼無比。我們一路玩著以河床泥沙築壩攔截水流，捉溪中小魚，就這樣玩，一路玩到出海口。

往昔出海口僅有少許紅樹林，不像現今濃密一大片，泥灘盡是靈敏的彈塗魚招潮蟹，這兩種小生物難於捕捉。看著從洞口鑽入，挖了洞口往往徒勞無功，牠們的棲息地有如地下坑道，轉瞬間，便逃之夭夭。只好動腦筋到附近一些大石頭上，翻動石頭常常可抓到隱藏其下的毛蟹。出海口有個以鋼筋水泥蓋的衛兵哨，漲潮時，衛兵哨孤零零佇立於海水中。這些石頭正是衛兵哨退潮時隔開海水對外交通的墊腳石。我們翻動石頭常引來哨上衛兵的驅趕、喊叫、制止，甚至搬動槍枝扳機聲嚇唬，只得悻悻然離開。

衛兵哨再往海面延伸有一礁嶼，叫痲瘋嶼，不知怎麼會有這樣恐怖的名稱，自我懂事未曾聽聞有痲瘋病人被送到島上。國軍進駐後，礁嶼改名「建功嶼」。其實，早前這礁嶼就有一個好聽的名字「董嶼」，這可是金門古八景之一「董嶼安流」的景點。每當日薄西山，夕陽緩緩沉入大陸對岸的山頭，霞光豔豔，海面波光粼粼，另一頭的十八羅漢礁忽隱忽現，景緻美得令人凝視屏息！附近岸上幾處濱海步道，是我不知愁滋味年紀經常造訪的地方。

軍管時期，只有擁有漁民證蚵民證的居民，才能進出海域。海灘是險惡、森嚴、蠻荒、驚駭的代名詞。岸邊築起各種防禦工事，有拉起鐵蒺藜的、有種植葉緣長滿尖刺的瓊麻，有的甚至佈上地雷，湛藍海水，美麗沙灘，只能隔著重重障礙遠望。解嚴後，回歸常軌，數十年的禁令終於解除，居民再度可以自由進出海灘戲水踏浪了。

島鄉雖不大，但環島的海岸有著不同的面貌，與大陸相望的海邊為泥灘間雜著些許岩岸，沿岸蚵田密布，瓊林、后沙、古寧頭、湖下等村莊是海蚵的故鄉。另一頭，陳坑、尚義、昔果山、后湖、歐厝等村莊綿延數里長的白色沙灘構成一美麗弧線。每當長風吹送，海水一波接一波像千軍萬馬簇擁著。陽光下，閃閃發亮的沙灘，蘊藏著豐富的蛤蜊。

無疑的，環繞的海灘給了鄉人親水的便利，而海蚵蛤蜊的美味料理，永遠是出外鄉人的鄉愁。

砲聲如雨

無意中讀了上世紀五、六〇年代台灣作家師範與潘壘的作品。師範是《野風》文藝刊物的創始人及主編。《野風》創刊於一九五〇年，於一九六五年停刊，童年時，曾見過這本薄薄刊物，記憶中常見的身邊讀物是「模範作文」或「作文指南」一類的書籍，這刊物如何飄洋過海來到家鄉，不得而知。而潘壘則是《寶島文藝》創辦人，本身除了畫畫、寫作，還當導演拍電影是一位傳奇人物。他拍的電影有《情人石》、《蘭嶼之歌》、《新不了情》等，也曾導演一部以八二三炮戰為背景的電影《金門灣風雲》。

《金門灣風雲》又名《料羅灣風雲》，一九六三年在台上映時改名《海灣風雲》，日文名稱為《金門島にかける橋》，是中影與日本日活公司合作拍攝的。由潘壘、松尾昭典導演，演員有石原裕次郎、王莫愁、唐寶雲等。女主角王莫愁當時就讀師大藝術系，第一次演電影就接這戲，藝名華欣。

電影故事描述一段中日戀情，飾演武井一郎醫師的石原裕次郎，自幼喪父，求學期間受到製藥公司社長的全力支持幫助，社長希望武井醫師未來能與他的千金結成連理。飾演楊麗春的華欣，是戰地孤兒，自小為養父收養。養父在對日抗戰中為日軍炸傷腿部不良於行，對日深惡痛絕。故事以金門八二三炮戰為背景，在武井、麗春、社長千金三人間的情感糾纏及養父的仇日情結下進行著。當武井醫師向麗春求婚，養父極力反對，衝突達到極點。

雖然八二三炮戰已時過境遷，但電影的背景引起我一些回憶，至今仍心有餘悸！當天傍晚，對岸開始炮擊，在短短兩小時就發射炮彈四萬餘發，火光蔽空煙硝瀰漫，炮聲如雨下震耳欲聾。

當年對岸毫無預警發動全面炮擊，鄉人猶如砧板上的魚肉一時無處可躲，有的將床墊高躲入床下，有的躲在供奉菩薩的桌下。記得家裡每聽到炮聲，大人就神色緊張嚷著孩子名字催促躲進大廳的八仙桌下。中式大廳，八仙桌後頭還有一長條形的「長案桌」，一邊供奉著菩薩，一邊是祖先牌位。躲在八仙桌下只能求個心安，想著菩薩祖先會保佑。其實，一張木製的桌面，哪承受得了那凶神惡煞般跨海而來的鋼製炮彈？每當炮彈落點遠了，這時，祖母便燃起三炷香，立於天公爐下，虔誠對著蒼穹口中唸唸有詞。祖母禱詞這樣說「天公保庇全家平安順遂……將炮彈掃到海裡去……不要傷到人……。」

後來，炮擊打個不停，父親只得想辦法挪出一個房間，買來數個圓形大汽油桶當底座，上頭鋪了厚木板；在木板上頭疊著沙袋及裝著牡蠣殼的袋子，疊了數層。炮擊時，全家吃睡都窩在這裡。在那艱困時期，母親總是利用炮擊空檔匆忙完成煮食。巧婦難為無米之炊，我已忘了那時辛苦的母親煮了些甚麼讓全家糊口。

炮戰持續四十四天，彈丸之地的金門承受四十七萬多發炮彈，平均一天一萬多發。

記憶中家鄉的迎城隍

童年最讓我雀躍的日子，除了過年，大概就屬每年農曆四月十二日迎城隍了。這是家鄉最大的迎神賽會，也是後埔地區一年一度迎神盛事。

說起迎城隍，我的思緒一下子就飛到好遠好遠，一種既溫柔又甜蜜的感覺。一幕幕的影像宛如才在昨日發生，昔日的玩伴，充滿鄉土的綽號，黑炭仔、圓目仔、青暝成仔、阿扁仔……一一從塵封的記憶底層被喚醒了。這些玩伴的綽號雖不雅，感覺卻格外親切。那時，王爺廟埕是孩子戲耍的地方，玩陀螺、滾鐵圈、踢皮球……。迎城隍前夕，廟埕儼然成了排演遊藝節目的場所，劇情對唱的、鑼鼓陣的、踩高蹺的、舞龍舞獅的……，一夥平日在廟埕閒蕩戲耍的孩子個個成了迎神活動的要角。

早在慶典前半個月，玩伴就在廟埕敲鑼打鼓，練習彼此節奏的和諧，舞獅隊練習舞動獅頭與鼓點的配合及獅頭獅尾間動作的協調、踩高蹺……等的練習。迎城隍前三天，每晚的活動便開始了。有鑼鼓陣遊行，有一人獨演的「公揹婆」、大頭仔戲弄舞獅、三藏取經、薛丁山與樊梨花、楊門女將等化裝遊行，並伴以絲竹演奏。常由於觀賞的人太多，不得不由數人拉起繩索，將表演隊伍圈在繩索內。當鑼鼓陣來到另一里的廟前，所有的樂器嘎然而止。僅由鑼手敲「咚！咚！咚！」三下；這時廟內傳來鑼聲「鏘！鏘！鏘！」三下回應，這樣一呼一應來回三次，隊伍才繼續往前行，俗稱「叫鑼」，不知是何用意？我猜大概是王爺間彼此打招呼吧！

到了四月十二日城隍爺正式出巡的日子可謂萬人空巷，遊行的隊伍綿延數里，將後埔窄窄的街巷擠得水洩不通。記憶裡城隍爺神轎後的隨香信眾不計其數，人人高擎著一束香，那香將空氣燻得煙霧繚繞，人潮像一股巨流隨著神輿緩慢往前挪動。四門城頭來的神輦一路搖擺，穿著紅底繡金線圍兜的乩童，將長針穿刺過嘴頰，一手拿著黑令旗，一手握著鐵劍揮舞拍打裸露的背部，露出斑斑血跡。舌頭伸得長長的，走路搖搖晃晃的七爺八爺，讓人不寒而慄。數位壯丁合力擎起的王爺大轎，氣勢壯盛。各種民間遊藝陣頭，鼓吹陣、南管陣、踩高蹺、醒獅團、宋江陣、蜈蚣座等，悉數上場。

時序又將進入農曆四月，據新聞說今年適逢建國百年，家鄉籌畫了一千人蜈蚣座來慶祝這項活動，並盼獲得金氏世界紀錄認證。流光容易把人拋，轉眼間，我已多年未親睹這令人著迷的慶典，只能就記憶所及追憶過往的美好時光。

那些有土產美味的節慶

一年一度的花蛤季正如火如荼在成功海濱熱鬧舉行，炎炎夏日，這清涼的海邊活動直叫人嚮往。

無疑的，每年的花蛤季、石蚵小麥節、香芋節與傳統的迎城隍活動已成家鄉觀光的重要節慶，吸引著絡繹於途的訪客。迎城隍是我熟悉的迎神慶典，印象中每年農曆四月十二日城隍爺出巡，鑼鼓聲響徹雲霄，化妝遊行、隨香信眾沉醉在慶典歡樂中，讓整個后浦小鎮沸騰了起來。而花蛤季、石蚵小麥節、香芋節等節慶是新近才有的慶典，且皆以家鄉的土產為主角，可見這些土產在鄉人心目中的分量。

最近返鄉碰上石蚵小麥節，看了那千人剝蚵的場面，壯觀極了！剝蚵桌上堆著帶殼的石蚵，兩旁坐著參與剝蚵的民眾，桌子一張接著一張，像接龍似的從古寧頭村莊一路連接到海邊。路旁蔥綠的小麥田在微風吹拂下盪著陣陣的麥浪，恰是印證了石蚵小麥豐收的歡愉。

成功舊名陳坑是花蛤季主要村落，村莊居高臨下，一邊是嶙峋巨大的岩石海岸，一邊是細緻綿密的白色沙灘，這裡是家鄉最美麗的海岸之一。沙灘延伸至尚義、后湖、泗湖、歐厝等村落，形成一道美麗的弧形海灣，孕育著豐富的花蛤。昔日曾在后湖海邊挖取花蛤，那赤腳踩踏在沁涼海水的舒暢，挖到花蛤的喜悅，至今難忘。

與大金門僅一水之隔的小金門，氣候土壤與大金門類似，但小金門種植出來的芋頭口感鬆綿，吃過的人讚不絕口。因此，每年在小金門舉行的香芋節總是吸引大批人潮。

鄉人對於芋頭、石蚵、花蛤，有一份濃濃的情感，對其料理出來的佳餚更是垂涎欲滴，例如：「紅燒肉芋頭」，紅燒肉與蒸過的芋頭一起燉；「芋角仔排骨」，芋頭切成小塊油炸後與排骨一塊蒸煮；「芋頭拔絲」，將炸過的芋頭拌焦糖，是家鄉宴席的甜點。石蚵則有聲名遠播的蚵仔煎、蚵仔麵線、蚵仔炸、椒鹽石蚵等小吃，而石蚵豆腐、石蚵豆豉都是美味家常菜。花蛤除了是理想的快炒下酒菜，如蛤蜊炒九層塔、蛤蜊炒箭筍等，加些薑絲煮湯，是清甜鮮美的湯品。

當然，將佳餚與節慶緊密連結成為節慶的圖騰，當參與節慶就有美食可吃，是件雀躍的事！

鳥事

二月初離開溫哥華，出門時，院子裡的樹只剩孤零零的枝幹。回來時楓樹已長出密密麻麻葉子，而蘋果樹不但樹葉茂密且枝椏間開滿白色小花。那日站在蘋果樹下觀賞樹上濃密盛開的花朵，突然飛來數隻雛鳥，在枝條上「吱！吱！」跳躍鳴叫。我在一旁靜靜地觀賞，讓我想起最近返台，從南到北處處聽到的鳥鳴啾啾。我曾造訪台北植物園、士林官邸玫瑰園、新店台大農場，台南安平古堡、高雄鳥松濕地保護區、西子灣。所到之處聆聽悅耳鳥鳴聲，觀賞飛鳥美麗蹤影，在澄清湖還第一次見到五色鳥。

回金門，在昔日兒童橋附近水塘邊見一紅冠水雞。在相同小徑另一頭見一對環頸雉，但來不及細看牠們便隱入樹叢中。一早，碰到金門鳥會於浯江溪出海口賞鳥，不期而遇兩位老同學也是鳥會的主要幹部秀竹及瑞松，他們正忙著介紹水鳥生態。

浯江溪出海口的潮間帶有著一大片紅樹林，泥灘上有豐富的水中生物，如：招潮蟹、彈塗魚等。成群的水鳥不時飛過天際或掠過水面，在遠處山巒的襯托下，構成一幅美麗的畫面。我透過望眼鏡觀賞到紅嘴鷗、灰斑鴴、大小杓鷸、青足鷸、蒼鷺、大小白鷺、翻石鷸、金斑鴴、蒙古鴴、黑腹濱鷸……等十來種。其中灰斑鴴的繁殖地在北極圈凍原地帶，蒙古鴴在西伯利亞及中亞，都是來自遠方的過客。鳥類多樣的色彩紋路，不同的羽緣，形成精彩美麗外觀。觀察鳥類的習性同樣是種趣味，看著青足鷸在泥灘追逐捕獲螃蟹，先以又尖又長的喙將蟹腳一一扯斷，接著進食蟹身，再逐一啄食散落四處的蟹腳。

離開浯江溪，經一處海濱公園，見兩隻戴勝立於岩石上，斑斕的羽毛及豎立的羽冠像極了印地安的勇士。另一端成群的喜鵲白頭翁吱吱喳喳飛躍而過。印象中昔日家鄉好像沒這麼多鳥類，最常見的就是麻雀、燕子及烏鴉。

不知道這些年來，家鄉鳥兒數量及種類變多的真正原因？難道是昔日兩岸對峙，空中呼嘯而過的砲彈聲，將這些美麗的飛羽給嚇跑了嗎？

輯二

夢蓮湖（粉彩44.5 × 33cm）：洪明傑

冬景

離開台北前，氣象播報記者提醒觀眾要留意保暖「氣溫將下探十九度！」回到溫哥華，走出機場寒氣迎面而來，不禁打了個寒顫，像似傳達冬天來臨了。是的，這裡是正港的冬天，空氣瀰漫一股冰涼，行人盡可能將自己包裹得密不透風，僅剩一對導航的眼睛。

車上收音機傳來播報氣象——攝氏零度，有陽光，It's a beautiful day。這樣的低溫，僅有一絲陽光，便滿足得稱是一個美麗日子，我抿嘴一笑。路上除長青樹外，樹的葉子都掉光了，光禿的樹隱含一種淒涼美感，挺直的線條，在寒風中不屈不撓。

經過一處校園，寬闊的草坪像停機坪，停滿密密麻麻千百成群的野雁。牠們是透過何種密碼呼朋引伴，聚集在一塊？頗費思量。經常經過的池塘，水面結了層薄冰，原於池中游水的鴨子，只能孤零零立於薄冰上。池塘邊花草大已枯萎，一叢碩大的繡球花，此刻乾癟得像大型乾燥花。

商場，孩童排著長長隊伍，等著與一臉慈祥的聖誕老人拍照。聖誕老人有著白色的落腮鬍，穿戴紫紅色衣帽，高碩的身材和藹可親。有人說聖誕老人確有其人，但我更愛這樣的故事——酷寒的冬夜，聖誕老人駕著雪橇，奔馳於無遠弗屆的蒼穹；當所有孩子睡著了，聖誕老人挨家挨戶自煙囪下來，悄悄地將禮物塞進孩子準備於壁爐旁的大襪子。美麗溫馨，世世代代溫暖著孩子的心靈。

商場通道傳來悅耳的歌聲，兩位穿古典戲服的女子，像似從莎翁戲劇中走出的人物，高貴優雅。拉著小提琴唱著讚美歌，歌聲迴盪空氣中。

零下低溫終於盼來了一場雪；轉瞬間，大地一片銀白。孩子快樂地於院子裡堆雪人打雪仗。英國作家雷蒙布瑞格（Raymond Briggs）在他家喻戶曉的「雪人」繪本裡，讓雪人活了起來。書中描述下雪天，男孩於門前堆了個雪人。午夜，男孩驚訝發現雪人動了起來，有了生命。他邀請雪人進屋內一塊戲耍，雪人則帶他翱翔於無垠的天際，飛過高山大海穿越田野村莊，參與北極雪人的集會。繪本後來改編成卡通動畫，配上悅耳動聽的Walking in the air，氣氛讓人陶醉。

北國的冬夜來得特早，下午四點左右已天黑，早上七、八點天才亮。漫漫長夜，像似給大地休養生息蓄積能量，等待來春的生機勃發。夜幕，一片靜謐，漆黑的夜色，耶誕燈閃爍發亮。

春雪

時序進入三月，仍未見春光明媚景象，數日前才接二連三又下起雪來。下雪雖造成交通不便，卻令人雀躍不已。尤其是家人，只要誰發覺戶外下雪了，一定興奮地提高嗓門嚷著「下雪了！」然後，其他人便迫不及待拉開百葉窗觀賞。下雪是浪漫的、迷人的、美麗的，雪緩緩下來，純淨無聲一片銀白。像有一股魔力，讓人陶醉其間，陶醉於一片寂靜大地，而整座天地像似歸你所有。

落雪，渾然天成一塵不染的戶外美景，經常牽引著我穿戴齊全，拿起相機直往住家附近的公園。春天時節，公園花團錦簇色彩繽粉，但此刻花木乾枯如褐色稻草，覆著一層厚厚白雪。公園裡散落著幾處高聳的松樹群，粗壯的樹幹擎著綠色巨大的傘蓋，在大地雪如鵝毛、如撒鹽、如柳絮，又如飛蝶、如蛾、如蒲公英種子般的飛舞飄盪，此時傘蓋已披上或濃或淡的白雪。我走在鬆軟的雪地上，近距離特寫枝條上積雪，或遠距離攝取那偉岸松樹群。像兒時捉迷藏般穿梭樹叢找尋最理想的拍攝畫面，又如貪玩的孩童樂在其中，常忘了戴著手套的指頭已經凍麻了。

這回，雪下得又深又厚，積雪覆蓋於屋頂上、矮樹叢、車頂，如棉被般厚厚一層。樹上的積雪與樹幹的一黑一白形成明顯對照，煞是好看。放眼望去大地一片雪白直叫人讚賞，它不像亞熱帶的花紅柳綠，也不似熱帶的艷麗繁複，是一種屬於北國的清麗、冷艷、超絕之美。

雪，雖浪漫迷人，但長久冰凍，難免讓人發悶，企盼那溫柔春風再度吹拂。無獨有偶古人也有相似的心情。韓愈有一首幽默逗趣的小詩「春雪」，正反映著詩人的心聲期待春天快快來到！

新年都未有芳華，二月初驚見草芽。

白雪卻嫌春色晚，故穿庭樹作飛花。

大意是說新年已經過了，還未見春花開，二月份見草吐出了嫩芽頗為欣喜。白雪嫌春天的遲到，只得穿越庭樹，讓雪花紛飛當是春天花朵。一首風趣，充滿想像的詩篇，讓人莞爾。

雪停了，我拿出雪鏟將屋旁人行道積雪鏟除。休息時，抬頭望著圍欄邊僅剩枯枝的楓樹，枝條已冒出密密的嫩葉來。幾隻雛鳥吱吱喳喳跳躍在蘋果樹枝枒上。

啊！春天終於悄悄來了。

西端街景

有人說城市是有個性的，這樣說來，構成城市元素的街道也是有個性的。我就是喜歡西端（West End）街道巷弄如春風般的性情，每到市中心時間允許，我總會順道往這裡走走。我愛這裡的清，這裡的靜，這裡的無邊綠意。

西端的街坊，初初讓我想起台北民生社區的夾道林木、社區活動中心，還有林立的餐館、書店、咖啡店來，或許是兩處社區的街巷均有為數眾多綠樹的緣故。我喜歡西端街道蘢蔥的樹木，這時節的溫潤

西端街景（溫哥華）　攝影／洪明傑

舒爽的微風，一路的綠樹紅花。那寧靜的氛圍，有鬧區之便利而無都會的車馬喧。而附近繁忙的商業街，法式、義式、墨西哥餐廳，韓國烤肉、日本料理，還有道地的中式餐廳、超市、商場，提供西端社區充足的生活機能。

這裡大部分是公寓大樓，間雜著少數獨棟透天厝。櫻花盛開時，粉紅、粉白花團錦簇，與綠色林木相襯，構成一幅美麗街景。行走其間鳥鳴啁啾，處處天籟，而觸目所及，或翠綠迷人，或繽紛濃豔，讓人心曠神怡。社區盡頭有一瀉湖，湖邊巨大柳樹數棵，柔和柳絲隨著風飄蕩，成群野鴨於湖中戲水。環湖有步道可連接廣袤的史丹利公園，那又是一大片怡然深邃的綠色天地。

其實，街坊氛圍是居民營造出來的，台北天母多年前便有了欒樹節，烘托出街坊地區的特色。近些年來，台灣遍地開花，木棉、櫻花、風鈴木、杜鵑……等，在一條條街道馬路，一個個城鎮盛開怒放，形成各自的風韻。

無疑的，花草樹木除了帶給居住環境空氣的清新，也是裝飾街坊最有效最神奇的魔術師。

我的理髮情結

最近讀了篇「理想的剪髮」，讓我想到一些有關理髮的瑣事來。對我來說理想的剪髮，大概就是剪得迅速又自然了。

從小我就不喜歡理髮，常見有些人頭髮短短的，便又上理髮店剪髮，或許有些人定期整理門面，有些人則藉此到理髮店聊天、社交、放鬆。而女子定期到美容院洗頭燙髮更是司空見慣的事。對某些人來說，上理髮店甘之如飴，而我，卻是苦差事一件，能不理就不理，能拖就拖。頭髮常常蓋過耳朵，內人見了習以為常，倒是女兒總是提醒「爸，該剪髮了！」

記得早年家鄉有一理髮店，一家三代人忙著店裡的事，爺爺、父親幫人理髮，孩子們忙店裡雜務。店裡有個巧妙的設計至今印象深刻。那時沒有冷氣、風扇，夏天，理髮店在天花板前後垂掛兩塊布簾，以人力透過滑輪傳動拉動繩索，布簾一拉一放，空氣隨著翻滾滿室清涼。那時，在店裡常見一些彼此熟識的人，互相爭著為對方付理髮錢，就像在餐廳朋友彼此爭著買單一樣，這種「互請理髮」目前大概已成絕響了。我年少時幾乎都在這店理髮，有次返鄉突然驚覺老理髮店已不見了，頗感惆悵。

想起有髮禁的年代，男生幾乎人人剃個大光頭。高中階段雖好些，但仍只能留短短的頭髮。多年後，髮禁解除了，見到青少年帶著明星肖像，請理髮師照圖上的髮型做造型。看這情景，不禁會心一笑。新一代學生真是幸運，髮型可以自己作主。但仔細思量，像我這種不喜歡理髮的人，就是沒有髮禁，大概也不會費心去裝扮自己。

這些年，理髮店有了革命性的改變，幾年前返台在一處大賣場發現有這樣的理髮店。通常是小小的布置得簡單雅致的一個店面，有兩三張理髮椅子，理髮師清一色是女孩子。收費低廉，顧客只要將紙鈔放入機器，便吐出理髮順序單子，顧客憑單據剪髮。這種理髮店不幫客人洗頭，理一個客人的頭髮大約只需十到十五分鐘。對於有些人來說，這種理髮方式可能過於簡略粗糙，將理髮當作休息社交的人，可能會感覺平淡乏味。但這樣簡單俐落的理髮方式，蠻適合我的脾胃。

其實，理髮對我來說，要求不多，只要將頭髮修剪得快有層次感，自然而沒有斧鑿痕跡，便好！

有櫻桃樹的鄰居及其他

1.有櫻桃樹的鄰居

對這戶鄰居有印象，是發現他們家有棵櫻桃樹。那年夏天經過他們家院子，靠人行道旁的樹上長出亮閃閃紅色櫻桃，才知道這是一棵櫻桃樹。院子一頭以紅磚圈出一角落種著玫瑰、大理花、金鳳花……，開花時，五顏六色相襯，格外好看。相對這處美麗角落，屋前的草坪卻是雜草叢生蒲公英紛飛。

院子裡長年停放著一艘遊艇，陽光下白色船身顯得刺眼突出。夏日，遊艇總會消失一陣子，大概出海去了。沒有遊艇，凌亂停著車子。院子往後院有一通道，雜亂堆放著舊的木板建材、油漆桶、廢棄的烘衣機、微波爐………等雜物。

有一年，感恩節前夕從他們家經過，發現院子沒有遊艇也沒停車，卻驚見滿地綠色葉子及蔓藤，像一池荷葉於風中擺蕩，幾顆金黃色大南瓜隨處躺著。一戶隨興的鄰居。

2.有鳥屋子的鄰居

有些愛鳥人家會在院子樹上掛起鳥屋，給路過的鳥兒避風躲雨，更體貼者還備水備穀物。這戶鄰居的鳥屋很特別，直接釘在屋簷下的牆面上，而且一釘就釘了三個。路過，我總是抬頭望望鳥屋，看有沒鳥兒棲息。

後來發現車庫的門經常開著，不時傳出鏗鏘有力的古典樂音。斜斜的陽光照進車庫一角，裏頭停放著一部已有年份的凱迪拉克。架上放著一套音響，另一頭有一工作檯面，牆上井然有序吊掛著木工及汽車修護工具。約六十來歲的男主人，戴著一副黑色寬邊眼鏡。有時，看他打開引擎蓋手上拿著起子或扳手甚麼的，忙著為車子檢修保養；有時則忙著為愛車擦拭打蠟，棗紅車身光可鑑人。

揣想一位古董車迷生活多彩的人，鳥屋子應是自己的作品。

3.愛蒔花的鄰居

愛蒔花的鄰居很多，但這位鄰居將院子內外，樓上樓下裝飾得萬紫千紅繽紛絢麗。院子種著一棵橙紅色細葉楓樹、一棵開滿粉紅色花朵的茶花，幾叢顏色不一錯落有致的花卉。沿著院子圍欄掛著盆栽吊籃，二樓陽台、窗台也是花團錦簇。從初春開始，各式各樣各色的花卉從沒間斷過。清晨路過，常見女主人辛勤地忙著澆水整理花圃。

照顧花卉除了用心、熱情，還是有學問的。老舍說：「閒時喜養花，不得其法，每每有葉無花。」這話我感同身受，去年種的繡球花來不及開花，欣喜今年又長出葉子，特地留意照顧。但幾個月下來不見枝繁葉茂開花，總是孤零零那幾片葉子！

夏日海堤

海堤沿著海岸綿延數公里長，夏日我喜歡花時間在海堤上。行走全程約四、五個小時，有時我走個把小時，有時兩三個小時，當然也曾花上個半天走完全程的。有人說「在街上隨便走走，北平話叫做蹓躂。蹓躂和散步不同；散步常常是揀人少的地方走去，蹓躂卻常常是揀人多的地方走。」而我這行程包含兩者，既是散步也是蹓躂，有熱鬧的場景，也有踽踽獨行可深思冥想的路段。

我習慣從人多的郵輪碼頭走起。這時節，進出港灣的郵輪絡繹於途，每回幾乎遇上不同的郵輪停靠，郵輪壯觀的船體優美的船身，總是引來人們的圍觀。碼頭廣場空氣瀰漫著海藻味，間雜著速食餐廳飄來陣陣烤肉味道。來訪的旅客忙著拍照，等候市區觀光遊覽車，臉上充滿著歡樂雀躍。

郵輪大抵是開往阿拉斯加的，搭郵輪總是讓人充滿浪漫遐想，幾年前曾想就地理之便前往一遊。但一想到冬天，已是夠冷了。此時此刻，溫哥華天候如此美好，又特地跑到緯度高的阿拉斯加，心裡總有些遲疑。其實，考量的還在於阿拉斯加的氣候地景與加拿大相去不遠。若真要選擇郵輪出遊，我是較鍾情於地中海航線的，喜愛沿岸與北美不同的建築與人文歷史風貌。

經過水上飛機起落的海面是另一受歡迎的景點，機場對岸山頭仍覆蓋著白雪，襯托出這方山水的秀麗脫俗。小型飛機一次只能載運數人，往來溫哥華與溫哥華島的維多利亞。溫哥華島位於溫哥華西側的太平洋上，雖稱作島，面積可跟台灣不相上下，但人口僅有七、八十萬人。

來到了划船俱樂部，算是蹓躂路段的結束了，進入公園海堤便全然沉浸於大自然中的散步了。這裡，一邊是鬱鬱蔥蔥的林木，一邊是波光瀲灩的海面，開闊的視野，涼爽的海風，讓人心曠神怡。天空流動的雲朵，掠過水面的海鷗，往來的船隻遊艇，是另一生動畫面。陽光亮麗閃閃，但並不覺得熱，眼前美景讓人忘卻疲倦，忘了時間。日落時分，最為壯觀迷人，霞光滿天，水波躍金，一輪紅日緩緩西沉。

興致來時，走入公園內縱橫交錯的林間步道，享受森林中的寧靜時光。這時，一路上只聽得風吹過樹木的聲音、鳥兒的啼鳴、自己走路的沙！沙！聲響，讓人感受到那份空靈，「一觸到幽靜荒涼的大自然，頓時產生一種生命復甦之感」。

櫻花舞春風

清冷微涼三月
恍惚間
皚皚白雪後腳才剛走
一眨眼
璀璨的櫻花前腳跟著來了

連綿春雨中
櫻花樹自顧絢麗燃燒
院子裡　馬路旁　公園　河邊　市區
深情開著　或含苞待放　或尚未甦醒仍是
一樹枝梗

櫻花舞春風（溫哥華）　攝影／洪明傑

粉紅　粉白　酡紅　棗紅……
叢叢櫻花
誰也不認輸　恣意綻放

春風裡　花枝搖曳　花朵顫抖
爛漫的花海
像殘陽餘暉染遍整座城市

誰的約定
絕美　只能須臾停留
短暫時光
一陣風一陣雨
花瓣隨著飄零　紛紛掉落

不知怎的？
櫻花總讓人想到　關於生命

東瀛的　芥川龍之介　川端康成
選擇人生燦爛時刻　結束生命
熾熱猶如櫻花

想到梵谷
以迴旋燃燒的筆觸
塗抹著　湛藍天空　火焰般綠樹
是否預示生命將絢爛如櫻
相較於長青巨樹般的莫內
步履舒坦　緩步而行
盡覽一路人生風景

一樹瑰麗花朵
突然發覺　怒放的櫻花
又像　一場艷麗濃烈　卻短暫即逝的　戀情

白石鎮

第一次拜訪白石鎮，完全是意料之外。

那年來加拿大，剛考上了此地的駕照買了車，試著開車認識新環境。原本只是想在住家附近轉轉，沒想到道路不熟開上了高速公路。車子一路奔馳，後來發現路邊標示著還有幾公里便是美加邊境。哇！哇！這可不妙，身上沒有任何通關的文件，趕忙想辦法離開高速公路。當下了高速公路，不期而遇轉進這美麗的小鎮。

初次見面，這海邊小鎮給我的第一印象是陽光燦然，寬闊的海景視野。自此，每到夏季一有機會就來拜訪。

從溫哥華來，大約三十來分鐘便可抵達這小鎮。小鎮因海邊有塊大白石而得名，石頭的由來當然也有著一則王子與公主的浪漫傳說。全鎮只有五平方哩，房屋依山坡而建，每棟房子均可觀賞海景。面海的商店街最為熱鬧，有小酒館及各式餐廳，其中以炸魚排及薯條最受遊客歡迎。岸邊建有一長約一千六百呎的木造碼頭深入海中，盡頭處築有一防波堤，堤內停放著密密麻麻的遊艇。

海邊盛產螃蟹，假日常有遊客來此捕捉，碼頭上立有螃蟹圖，教人如何分辨雌雄螃蟹，捕到母蟹要再放生，同時，也規定多大的螃蟹才能帶走。白石鎮以落日聞名，每回都趁著天色還亮著便趕路回家，無緣觀賞此瑰麗美景，殊為可惜。

種一畝田

天候有些許秋意，住家旁公園雖不如前陣子繁花似錦奼紫嫣紅，但滿園花卉草木沒有殘敗枯萎現象，仍然蔥綠茂盛。開的花種類雖沒有先前多，但隨處可見一叢叢金黃色的菊花，藍色繡球花，還有些可愛小花朵。沿著翠綠夾道小徑走，一棵老蘋果樹結實纍纍，顫巍巍的站在路旁，熟透的果子掉落一地。穿過一片藍莓林，正想到前陣子常有人提著小塑膠桶來採摘果子……。突然被一陣聲響及鳥啼打斷，轉頭一看，就在眼前，兩隻雛蜂鳥以快速頻率振動著翅膀，如此近距離的觀賞，讓人又驚又喜，這是我在北美第一回見到蜂鳥。

走出一片樹林，來到公園邊緣，一處角落闢成了一畝畝田地，有些居民正忙著除草、鬆土、澆水。詢問之下，原來這些田地每年以極少租金租給居民種菜當作休閒。其中有一對退休老夫婦，正興奮地向身旁的人請教如何種四季豆及小黃瓜。後來，幾次經過，見這對夫婦有說有笑忙著澆水；最近一次，天色已晚看到先生還忙著為藤蔓搭建棚架。退休後有專注的事可忙，是幸福的。羅素曾說「退休的人若有熱烈的興趣及活動，便能保持青春活力，不會時常去追憶過去逝去的好日子或是悲傷的事，而忘掉統計學上實際的年齡。」換句話說，退休的人若有喜愛的事忙碌，心生快樂，樂以忘憂，便容易忘掉自己的衰老，不知老之將至。

無獨有偶，先前經過一處教會，教堂旁的空地也以長木板圍成一畝畝田，同樣以低廉租金租給人種菜。成員跟前者不太一樣，大部分是年輕婦人帶著孩子來。田裡種有高麗菜、番茄、綠色花椰菜、豆子、辣椒，……還有花卉。有花卉點綴的綠色田間，常招引來蝴蝶翩翩飛舞，構成一幅生動的畫面。一個和煦陽光的午後，看著大人小孩一塊忙著農作，一幅熱鬧、吵雜而溫馨的畫面。對孩子來說，從觀察一粒種子，長出嫩芽，形成幼苗，茁壯長成，開花結果。是一堂比在教室上課來得生動實際的自然課。這種休閒耕種，腳踩著大地頭頂著藍天白雲，回歸自然與土地對話，是件歡愉而雀躍的事。但不是每個人都擁有土地可種菜，一些機構及個人若有閒置土地，將田地規劃出租與人分享是件有意義的事。

記得有首歌曲《夢田》，三毛寫的詞「每個人心裡一畝一畝田，每個人心裡一個一個夢……用它來種什麼？種桃種李種春風。」我想這些休閒耕種者，除了種菜種花，也種歡樂種健康。

書桌即景

我的書桌大概可以用一個「亂」字來形容，不若大部分人的書桌整理得井然有序，一塵不染。雖說書桌雜亂無章，對我來說，其中又像隱含些秩序，當要找某樣東西，直覺告訴我在某處角落翻翻找找，總是找得到。

桌面有台筆記型電腦、一台印表機、一個電話分機，還有一台可播放CD的小收音機，可隨時收聽新聞廣播或放些古典音樂。幾個筆筒分別放著各式各樣的筆，還有剪刀、美工刀、尺等文具。電腦旁有台小檯燈，另一邊有一盞落地大燈。一個向銀行索取印製精美的小桌曆，一個白色小瓷杯裝著咖啡豆，可聞著咖啡香。除了這些物品外，其餘的空間幾乎被零落的書堆佔去。桌旁有扇窗，看出去是鄰居陽台及屋頂。窗外有棵楓樹，不時有鳥兒飛來樹梢啁啾跳躍。楓樹由春天的嫩綠葉子到夏日的深綠，再轉為淡黃、黃、到秋日的楓紅，然後是目前光禿的枝椏，總不忘告訴我季節的更迭。

桌面正放著閱讀的有《爸爸的畫》，這是豐子愷的漫畫集，由其子女編纂成的三冊套書，這以毛筆畫成的漫畫不但獨樹一格且隱含針砭。前曾欣賞過豐氏的漫畫，但這套由其子女解說的書，更見漫畫中的深意。另一本是摩西祖母《The Essential Grandma Moses》，素人畫家的純真及天馬行空的繪畫一向是我喜歡的，而摩西祖母筆下的農村耕作、婚禮、戲耍等畫面，總是那樣生動活潑讓人開心。一本昔日已讀過又借來瀏覽的朱光潛《談文學》，書中有段話說「到處留心，一日之內值得記的見聞感想絕不會缺乏。……街頭的一陣喧嚷、花木風雲的一種新變化、讀書看報得到的一陣感想、聽來的一件故事……都可以供你細心描繪，成為好文章。」受這話的影響，那日，一時好玩就將當日所見寫了「這日的生活風景」一文。剛送還圖書館的魯迅短篇小說集，其中祥林嫂及「藥」兩篇讀來仍然痛澈心脾，震撼不已。「藥」雖是短篇，但氣氛詭譎步步驚魂懾人。那種感受，一時想起讀史坦貝克的《The Pearl》，主人翁逃亡時，後雖不見追兵，而追兵魅影卻緊扣跟從的一幕，直叫人透不過氣來。

書桌最為雜亂的，就屬畫畫的時候了。每當我畫一幅小圖或插畫也喜歡利用這桌面。這時，常是東一支蠟筆、幾條水彩顏料，西一個調色盤、幾支炭筆，還有散落四處的文具及橡皮擦屑，最是凌亂不堪。

除了桌面堆著書，往往延伸到桌旁的地毯及牆角。由於我借書成癮造成書桌經常氾濫成災，雖說借來的書不見得每本都看，但仍執迷不悟，樂此不疲。有時感覺自己就像是隻蠹蟲，喜歡躲在書堆裡獲得滿足與溫暖，卻讓書桌及周遭弄得一團亂。

說狗

常見一些愛狗人士，見有人牽狗走過，便主動跟主人寒暄幾句，然後彎下腰來伸手摸摸狗的頭頸下頷，狗兒則一副舒服狀，頻頻搖著尾巴。愛狗人士這舉動，對我來說可是千萬難，對狗，我總有戒心！

這事說來話長，昔日家鄉養狗採取放任的方式，也就是對狗兒沒有太多的照顧與看管，完全讓狗兒四處覓食，有剩菜剩飯才端給狗吃。因此，這些狗雖說是某戶人家的，實際就像野狗般到處流竄找東西，有時狗與狗還彼此看不順眼，單打獨鬥的有之，打群架的有之。有時當孩子玩追逐遊戲，往往不知何時跑出一隻狗兒在後頭緊追不捨，冷不防就被咬一口。路上，沒鏈住的狗兒常常虎視眈眈齜牙咧嘴的發出陣陣低吟聲；有時人未到，狗的咆哮聲便早已聽聞，嚇得只好繞道而行。

或許這原因，我從沒有想養狗的念頭。有次朋友見我對狗兒如此「敬畏」，問了一句：「你沒養過寵物嗎？」確實我沒養過貓狗，我只養過小鳥。

最近讀到一則新聞，說溫哥華一隻叫Teak的德國牧羊警犬，曾於去年度得到勇敢服務獎。最近一次追逐搶奪加油站歹徒時，頸部遭割傷縫了三十幾針，復原後警方讓牠提早退休。我頗為不解，看照片Teak高大壯碩且屢建功勳，為何沒讓牠繼續打擊罪犯？莫非受傷的狗兒要提早退役？

那日剛好碰到幾位養狗愛狗的朋友，露絲養了一隻貓一隻狗、麥克有一隻小狗、珍妮佛最多時曾同時養三隻狗。根據露絲的說法，狗跟人不一樣，人往往無法從經驗中學習，常一犯再犯，但狗兒就不一樣，這或許是Teak受傷後提早退休的原因，露絲還說了些貓狗和平相處的趣事。麥克說他的狗有點蠢，經常隔著玻璃窗見其他狗兒經過，便狂吠不止，真正有人進門卻噤若寒蟬，引來大夥一陣笑。珍妮佛說狗忠誠而可靠，她曾養過一隻狗，每到下班時間一定蹲在門口等她先生回來。有次先生出差一星期，狗兒還是照常每天在門口等候。讓我想起李察吉爾主演的「忠犬小八」，電影中那狗兒不知主人已過世，仍照常每天到車站等候主人下班，對主人的忠心深情極為感人。

和煦陽光午後，三位愛狗人興奮地談論自己的愛犬，說得眉飛色舞，依舊揮不走長久來，我心中對狗兒的心結！

與一間教室相遇

走進溫哥華一所中學的教室，以佈置內容來看，應該是法語與西班牙語教學的專用教室。由於本身背景的關係，我對此地學校的課程、教學、教材、教具、教學情境等，充滿興趣。

教室前方有投影機及銀幕，天花板角落有個大音箱，音箱下有幅西班牙畫家迪亞哥的畫。桌上有台音響，旁邊的書架擺放著西語及法語的百科全書。後方的展示板張貼著法國及西班牙地圖，有一台電視及錄放影機，一台可以上網的電腦。教室有這樣的視聽設備，應該就是我們所稱的多媒體教室了。

牆上貼滿了這兩個國家的旅遊海報，還有一些可愛的飾物。讓人一進教室，直覺是處溫馨的學習場所。

說起學校教學，令我印象深刻的，大概就是此地重視討論了，學生經常彼此腦力激盪討論問題。作業也做分組的安排，先分工，然後各自搜尋資料再討論、統整完成。這種方式，學生獲得完整的知識，而不是支離的記憶及背誦。

再就是上台報告或做表演了，語言課則有短劇的表演安排。在報告之前，學生必須先對內容融會貫通了解透徹，才能有條不紊的講給人聽。透過這種方式，對公眾講話的膽識、說話表達的技巧……都有幫助的。

一個美麗午後與這教室的巧遇。

烤火雞與南瓜

數日前加拿大感恩節，珊蒂邀請我們夫婦到她家吃火雞大餐。珊蒂花了數個小時烤了一隻大火雞，煮一大鍋排骨南瓜湯，炒了一大盤讓幾位客人讚不絕口的正港台灣米粉、還有紅豆湯甜點……。珊蒂真是廚藝好手，那火雞肉滑嫩好吃，南瓜綿密香甜，讓來客飽餐一頓中西合璧且有濃濃台味的佳餚。而其中火雞肉沾著紅莓醬吃，是西式別有風味的傳統吃法。

這些年來家裡不曾烤火雞，一來烤火雞費時，另一原因，妻印象中昔時吃過的火雞肉肉質粗澀，沒雞鴨來得細嫩。因此，一直沒去嘗試。

感恩節後，緊接而來的是西洋的「萬聖節」（Halloween），雖然這節日一些住家將屋子庭院布置得陰森恐怖，到處懸掛蝙蝠、蜘蛛網、骷髏、黑貓、巫婆……等道具，不過玩樂的成分居多。這節日除了裝扮成鬼怪，彼此捉弄嚇人外，另一要角就屬南瓜了，依習俗居民將南瓜鏤空雕刻成有各種圖案的南瓜燈。

有些住戶則早早就在門前台階擺放南瓜或雕刻好的南瓜燈，有的則放置穿著骷髏衣的稻草人應景。剛來，也曾興致勃勃雕刻數個南瓜燈，然後，點起燭火關掉電燈，一時，室內別有一番詭異氣氛。

家鄉稱南瓜為金瓜，兒時印象中祖母、母親甚是喜歡南瓜苦瓜等瓜類。記得，祖母、母親喜吃南瓜炒米粉、苦瓜炒豆豉。現在感覺這些新鮮瓜果是人間美味，但昔日，母親煮這些瓜類，孩子們常抱怨連連。我自己也說不清原因，為何不喜歡南瓜。這個情結一直延續了很長的一段時日，直到有一次吃西餐配著濃郁的南瓜湯。那橙黃色的濃湯，湯面點綴著一小撮乾燥洋香菜，給人秀色可餐之感。才發覺南瓜湯的美味，也改變了我長年累月對南瓜有意無意的排斥。

近年來，妻也買一種表皮墨綠色南瓜煮食，這種南瓜不用削皮。妻的料理也簡單，只將南瓜洗淨切塊，放入鍋內加點清水蒸煮。雖然沒有其他配料，更顯出南瓜的原味，其口感細緻綿密清甜可口。

晚秋時節，每回看到田裡等待採收的一顆顆金黃色大南瓜，就叫人興奮不已，也讓人連想到節日的來臨。

森林步道

我喜歡史丹利公園的步道，這裡離溫哥華市區不遠交通便捷。公園裡有茂密的樹林、錯綜的步道，還有湖泊。由於是半島型的公園，走出步道往往就是海邊沙灘或港灣。步道可騎單車，我通常以步行代替騎車，如此可盡情觀賞沿路景致。獨行時，一路只有自己的步履聲陪伴。偶而會遇見走路運動的人、騎單車者或是遛狗的，但大部分的時間只有自己一人。

步道內，舉目所見盡是長得筆直高聳的杉樹，鳥兒鳴叫聲不絕於耳。路旁長滿各種植物，有時遇見長著莓果的矮樹叢，有時遇見數人合抱的大樹，總讓我停下腳步看了又看甚至張開雙臂丈量。處處是林木蓊鬱的步道，綠蔭蔽天，走在其間涼爽無比。濃密處，樹上長滿青苔，又是另一番景觀。一回見前頭有動物走動，頗為驚喜，隔了數秒，才認出那是隻浣熊。當快步走近想看個仔細，牠已一溜煙消失於路旁樹叢。

森林步道（溫哥華）　攝影／洪明傑

一處有趣的加美邊界

每當電視上又在報導加拿大人蜂擁進入美國邊境，這樣的新聞通常是每年聖誕節的Boxing Day，商店折扣促銷，吸引大批人潮南下。另一情況是加幣比美金強時，等候通關購物的車隊就大排長龍。我最近過境美國目的不在購物，主要是發現一處有趣的邊界，特驅車前往探訪。

美加兩國以北緯四十九度為邊界線，因此，邊界除了東部的五大湖區有彎曲線外，其餘國界大都以這直線來分界。一日，出去採藍莓上網確認路線，意外發現一處有趣邊界。由於是直線邊界，恰好將一處叫做Point Roberts，一個三面環海形如小半島，面積不到五平方英里的土地劃歸美國，而它上方連接的是加拿大大陸。小半島行政區屬西雅圖所在地華盛頓州，但與加拿大有唇齒相依的關係，從美國開車來這裡還須繞過一段加國領土。

那日採完藍莓，懷著好奇心特地前往Point Roberts看個究竟，經Tsawwassen來到海關。突然想起車上有剛採的藍莓不曉得能不能通關？但海關人員只簡單問到Point Roberts的目的便放行了。到了Point Roberts先繞了一圈，有兩個加油站、一家超市。超市比起路過的加拿大城鎮Tsawwassen充滿朝氣的購物商場，顯得有些簡陋。來到最南端的海邊，這日，有個市集，沿著海邊擺了一些攤位，有一舞台一位歌手正彈著吉他唱著歌。沙灘上有人或坐著或躺著曬太陽，有人划著獨木舟，遠處往來溫哥華島與Tawassent的渡輪緩緩經過。

我的旅遊定位系統

有了全球定位系統ＧＰＳ（Global Positioning System）後，現代旅遊變得相當方便。網上經常讀到駕車橫跨某處大陸，花了十幾二十天甚至超過一個月的，像這樣在時間允許專注投入旅遊的壯舉，確實令人興奮。相較於這種類似「滿漢全席」式的大旅遊，我的使用ＧＰＳ就如同「清粥小菜」。「滿漢全席」式的旅遊，有豐饒的美味，但「清粥小菜」也有菜根的甘甜。

說我的旅遊有如「清粥小菜」一點也沒錯，目前我外出旅遊都是當天來回。因此，到目的地的單程時間盡量不超過兩個小時，如此設定，已將南方的西雅圖，北邊的度假滑雪勝地惠斯勒包含在內了。我常採取「複合式」的旅遊方式，所謂複合式就是決定了目的地後，然後在Google查看地圖，找尋沿途還有哪些景點可玩。當結束了一處旅遊，再輸入下一個景點，讓ＧＰＳ繼續帶領前往。這樣的出遊方式，總是內容精采驚喜連連。

就以我到馬蹄灣（Horseshoe Bay）的海邊公園來說，這海灣傍著陡峭高山，形成一處天然碼頭，是來往加拿大西岸與溫哥華島的渡輪港灣。每當渡輪緩緩進出，氣勢壯觀。沿著海灣幾條街道，有餐廳、咖啡店、服飾店、紀念品店，即使不搭渡輪，這裡也是理想的遊憩區。離開馬蹄灣，數分鐘光景GPS引領到附近另一處海濱公園Whytecliff Park。公園有一礁岩小島退潮時遊客可至島上，那日，一群遊客站在崖邊玩跳水。從岩石縫隙長出來的松樹及林木美化了這座島嶼，海邊也因擁有這小島嶼的點綴而格外迷人。隨後一路輸入景點，一路玩回家，又到Lighthouse Park、Ambleside Park。一路上的緊湊驚奇，直到日薄西山。

一回到美國華盛頓州貝陵翰，又在Google地圖找到兩處景點，一為Whatcom Falls Park另一為Tennant Lake Park。前者有一瀑布，還有一年代久遠的魚類孵卵所；後者有一湖，湖面廣闊，密密麻麻蓋覆著荷葉，幾乎見不到湖水，去時花兒已謝荷葉已顯焦黃，想開花時節定是美不勝收。湖面建有木棧道，彎彎曲曲繞著湖面可就近賞花。公園入口有一數層樓高的塔樓，可俯瞰欣賞這片美景。

有時心血來潮輸入途中一處未曾造訪的小鎮，到小鎮的超市、跳蚤市場，或咖啡店喝杯咖啡，跟人聊上兩句，這樣好像也是一種旅遊形態。其實，有些地方雖不具名勝之名，逛起來一樣有趣，或許就在第一次接觸那層新鮮感。

雖然我的出遊倚重GPS甚深，而GPS總是使命必達。不過，有一回到一處景點，上路後GPS引導的方向與我從地圖上所認知的方向完全不同，車子奔馳在一段又一段的高速公路上，距離也超乎我想像的遠，雖然最後還是抵達目的地。我懷疑，GPS是否有時也鬧情緒？

晚秋紀事

經一兩星期持續不斷下雨，偶而颳起強風，屋旁幾棵楓樹變了顏色的葉子紛紛掉落。說來也奇怪，一夕間，楓樹枝梗又抽出密密麻麻的嫩芽來。一早，數隻雛鳥吱吱喳喳在枝杈上閃爍跳躍、拍翅、飛離，幾次想看清其身軀面貌而不可得。

以往不太正視周遭樹葉色彩的轉變，總認為此地的秋葉沒有想像中的大塊瑰麗，不若東部魁北克的滿山滿谷艷麗。對此，一位友人有不同看法，認為「漫山遍野的金黃橙紅瑰麗景象固然動人，但能不用舟車勞頓垂手可得的美景，才是在地文化。」說的也是，這話讓我揹起相機出外賞楓拍照，重新認識住處的秋景。

樹葉顏色的改變跟氣溫與雨水是有關係的，今年大概兩者配合得宜，樹葉格外多彩。雖不是我想像的大片斑斕絢麗，但兩三株金黃緋紅，四五棵橘紅深紫，卻也處處繽紛。可惜這般燦爛卻無法持久，最多只能持續一星期，葉子便隨著風雨紛紛落地。

幾盆為了日照而移到二樓陽台的番茄，由於早晚溫度幾近零度，枝條受凍低垂留下一些來不及長大青綠小番茄。屋後的蘋果樹卻格外爭氣結實纍纍，已採收裝滿了數個竹籃。原本要再採摘，但聽說霜降後採果肉綿密結實，最是好吃。

接著數月的雨季，將影響我戶外運動，妻及女兒一再遊說到健身房運動，但我不喜歡埋著頭在跑步機上，獨鍾有景可賞的戶外。一日，戶外散步經過社區圖書館，雖然名義上是出外運動，但每回經過圖書館又情不自禁鑽進去轉轉，一不小心又搬回一堆書，往往借的書還沒讀完，截止日期到了又搬去還。妻常揶揄我說「古人陶侃搬磚練體力，今人搬書練身體。」但我樂此不疲。不過，意外收穫也是有的，最近一次就發現架上有厚厚兩大本荷馬畫冊，心中喜不自勝當即借出。這位美國水彩畫先驅，畫風生動流暢，俊秀寫實，是我喜歡的畫家。書中除了水彩畫作，還包含插畫、版畫、油畫作品。

圖書館轉個彎是一大片樹林及草坪，這些天成群的野雁低頭靜靜覓食，正為下個長旅程儲備能量。樹林內的松鼠數量少了，烏鴉仍隨處可見。

路上，踩在腳下的落葉發出沙沙聲響。天空，不時有一群群野雁伴隨著呱呱聲飛越而過，隱約中，寒冬正悄悄地來到。

疊石達人

溫哥華English Bay海堤，時常見到海邊岩石上立著一串串由大小不等的石頭疊起的石柱。每回都讓我會心一笑，暗暗讚許遊客的創意，使得海邊生動了起來。其實，這些石柱都是一位疊石達人的傑作。

疊石達人叫Kent Avery，在過去的十年除了每年的十二月到二月，每個周末他都會來堤防旁的大岩石上疊石頭。他將石頭一塊塊疊在另一塊石頭上，最多曾疊過十二塊成一柱的；在疊的過程中除了留意平衡，他還必須評估每塊石頭所能承受的

疊石達人（溫哥華）　攝影／洪明傑

重量。有些鵝卵石，是他著騎腳踏車遠從某處河床載過來的。他辛苦立起的石柱不是一直安穩立在海邊，當海水漲潮時，有一些石柱便被沖垮了，不過，下個周末他又將一個個石柱立了起來，這堤防邊儼然成了他的表演舞台。

很幸運，這天正好是星期六，見到Kent Avery的廬山真面目。他大約四十來歲模樣，我想若年紀再大些也不可能搬動那些粗重大石頭了。堤防邊他賣一些疊石的照片，放著一本供遊客留言的本子。

介紹Kent Avery時，突然想到要如何稱呼他？雕塑家？裝置藝術家？還是街頭藝人？雖然他的作品有些裝置藝術的意味「僅供短期展覽，不是供收藏的藝術」，但好像少了要表達的主題。說是雕塑又缺少作品深一層的意涵。或許稱做街頭藝人較合適，最後，我還是以時下流行的達人稱呼他。

因為一首童詩

詩具有隱喻、意象、轉化……等等特性，同一首詩不同的人，不同的年齡層讀，各有不同的體會與解讀，甚至僅僅只是一首童詩。在報上讀了一篇文章，開頭引用了Shel Silverstein一首童詩《斑馬的問題》，詩是這樣說的，試譯如下：

我問斑馬／你是黑色而有白色條紋？／還是白色而有黑色條紋？／斑馬則問我／你是好的又有壞習慣？／還是壞的又有好習慣？／你是吵鬧的也有安靜時候／還是安靜的也有吵鬧時候？／你是快樂的也有些悲傷日子？／還是悲傷的也有些快樂日子？／你是整潔的又有些骯髒／還是骯髒又有些整潔／斑馬不停地問／不停地問然後離開／我將不再問斑馬有關條紋的事。

文章作者將這童詩意涵引申為生活中的常態，每個人都會有的經驗：成功與失敗，快樂與痛苦，慷慨與自私，……。當負面來臨那一刻，不要被挫折否定我們的價值；沿路的跌倒、顛簸、碰撞，正好教我們如何調整腳步。

其實，生活並不絕然是黑色或白色的，總是在黑白光譜兩極間遊走。一時，對詩中孩子問斑馬的話「你是黑色而有白色條紋？還是白色而有黑色條紋？」著迷，同時讚賞詩人用了如此有趣的意象。迫不及待，又找來詩人其他的童詩讀，詩中充滿童言童語的幽默風趣，讓人不時會心一笑。再試譯兩首：

《自私孩童的祈禱》

現在我躺下來睡覺
我祈求主保佑我的靈魂
假如我一睡不醒了
我祈求主把我的玩具毀掉
這樣，就沒有別的孩子玩這些玩具了
阿門

《小孩與老人》

小孩說：「有時我會掉落湯匙。」

老人說：「我也是耶！」
小孩小聲地說：「我會尿濕褲子。」
「我也是這樣！」老人笑著說
小孩說：「我時常哭！」
老人點點頭說：「我也是啊！」
「但最壞的是」小孩說：「大人好像都不關心我。」
小孩感受到老人滿是皺紋手的溫暖。
「我知道你的意思。」老人這樣說

再深入挖掘詩人Shel Silverstein，才發覺他是位多才多藝的藝術工作者，是位詩人、插畫家、劇作家，也是一位作曲家。他繪畫出版的童書被翻譯成數十種文字，取悅啟發著世界各地千百萬小讀者。所畫的童書有《閣樓上的光》（A light in the attic）、《人行道的盡頭》（Where the sidewalk ends）、《愛心樹》（The giving tree）、《失落的一角》（The missing piece）……。

看了書單才恍然了解原來是這位插畫家，多年前在台灣就曾讀過他的《愛心樹》與《失落的一角》。

生活即景

再過兩天便是新年了，雖然氣溫在零度左右且下著雨，但這樣的濕冷低溫並沒冷卻路上的車潮及商場的人潮。

來到加油站，一位常幫我加油的年輕人問我說：

「新年快樂中文怎麼說？」

「新年快樂！」我告訴他說

「新年快列！」他跟著說

「不是，不是！新年快樂！」我糾正著

「新年快樂！」這次說對了

「對，就是這樣！再說一遍。」

「新年快樂！」

這是一家超市附設的加油站，幾位幫忙加油的人員從面貌看，像似來自中東地區的移民。其中有位年約五十來歲的，黝黑的面孔沒甚麼表情，常穿一件黑色軍用外套，頭上套著一頂深色毛線帽。第一次來加油，當我離開時，沒想到他冒出一句「謝謝，歡迎再來！」的中文，當場讓我驚訝傻眼。我回頭定神看著他，仍是一副愛理不理的酷模樣。有次更誇張，還用台語說「多謝！」引起我的好奇，又一次去加油，想了解他的台語究竟懂多少，便以台語問他說「吃飽了沒？」見他沒任何反應只是搖搖頭，改用英語與他交談，還是懶洋洋沒做回應。心想或許這只是某位台灣鄉親教他的問候語。自此以後，每次加油，都以中文「你好！」、「謝謝！」跟他們打招呼。

加油站其他年輕員工受到感染，也有樣學樣，每當華人顧客離開也說「謝謝，歡迎再來！」新年就快到了，這位年輕人才想到可以學句「新年快樂」祝賀語來與顧客互動。當我問他還會那些中文？說，還有「馬馬虎虎！」

這幾天正是耶誕節過後商店的促銷活動，叫做「Boxing Week Sale」，類似台灣年終百貨公司的周年慶。離加油站不遠的一處商場擠滿了人，在這熱鬧的場合又遇見幾位經常見到的長者在一塊喝咖啡。這些長者通常都是男性，有時一兩位女性。不知道他們是否每天聚會，但每次到商場經常見到他們身影。這些長者穿著並不豪華但穿戴優雅，其中有兩位長年戴著類似西部牛仔的呢帽。見他們從容自在喝著咖啡、輕聲交談的畫面，心情也跟著輕鬆起來。除了一塊喝咖啡，想必他們也長期享受著與朋友共處的快樂時光吧！

咖啡店角落，一位年紀已大的老太太，一頭銀白的短捲髮整理得亮麗齊整，顯得精神奕奕。戴著一副金邊眼鏡，一邊喝著咖啡，一邊讀著自個兒帶來的大字印刷讀本。

徒步的心情

我約略可以體會日本俳句名家「奧之細道」一書作者松尾芭蕉徒步旅行的心境。松尾芭蕉記述於西元一六八九年與門人曾良從江戶出發，為時五個月，徒步走了兩千四百公里，遊歷了日本東北、北陸。芭蕉對沿途景物有詠嘆、有遺懷、有季節變化的觀察……，這徒步路線成了後來熱門的旅遊景點。

近來，徒步成了我喜歡的休閒活動，也是主要的運動方式。雖然平日徒步的路線沒甚麼變化，但一有機會我總喜歡找有山有水或林木茂密的小徑走。

今年初返鄉，得知家鄉太武山有一登山古道，欣喜之餘便與四弟循著先人足跡走了一遍。太武山為花崗石結構的山脈，古道盤旋於岩石上。道旁林木並未受到花崗岩環境影響，仍然將樹根扎入岩層枝葉茁壯茂盛。抵達山頂，回首下望，斗門、蔡厝村莊綠野平疇，阡陌井然。到台北則先後到陽明山、承天寺步道。步道綠樹密布，泉水潺潺，不時可見蝴蝶蜻蜓等昆蟲。到高雄則走壽山步道，順著步道穿梭於滿山樹林間，偶而見樹上獼猴露著圓睜睜眼睛對著行人看。

而今年夏天我徒步最頻繁的就屬溫哥華港灣及史丹利公園（Stanley Park）了。我走Kitsilano海邊、Jericho海邊、日落公園（Sunset Beach Park）、English Bay海邊、煤港步道（Coal Harbour）、Granville Island，幾乎走遍了市區的臨海步道。這一路有遊艇、帆船、海鷗、落日。有時走入街道，安步當車一條街接一條街步行，觀賞市廛風景。

史丹利公園是伸入海中的半島型公園，占地一千英畝幾為森林所覆蓋，林中步道星羅棋布。舉目所見，盡是筆直高聳入雲霄的杉樹柏樹。鳥兒鳴叫聲不絕於耳，抬頭觀望卻找尋不著鳥兒蹤影。路旁長滿各樣綠色植物，間雜著叢叢野莓，野莓鮮艷剔透，有時見行人停下腳步採摘而食。有時遇見數人合抱的大樹，總讓我繞著樹身看了又看，頻頻俯仰觀望甚至張開雙臂丈量。步道林木蓊鬱，綠蔭蔽天，走在其間涼爽無比；鮮少日照處的濃密樹林，樹幹樹枝長滿青苔。一路上，只聽得見風聲、樹葉摩娑聲、自己步履聲。

若不走公園內的森林步道，沿著公園海堤步行也一樣迷人，一路可觀賞停泊海上等待進港的船隻、來往的帆船、海灘弄潮的人兒。

近年來，我以徒步代替騎單車，除了可飽覽沿途風景，且與走過的大地有了更緊密的互動，而對松尾芭蕉長途徒步的心情，有些心領神會。

陽光一直都在

北國的冬季天空總是陰沉沉、灰濛濛的且不時下著雨，有趣的是，有時前一分鐘蒼穹還是鉛灰昏暗，下一分鐘卻出現陽光的明亮刺眼，讓人以為天氣轉晴；但瞬間旋即轉為原來的陰雨，好像只是想告訴人們，陽光一直都在。

一日，出現難得的晴朗，燦燦亮麗的光線，穿透百葉窗照射在室內靠背藤椅上的鮮紅坐墊，一地的光影誘惑，心想出外走走。

幾次到社區健身房，總遇見一位少女，初看沒甚麼異樣，待她起身走動，才發現是位殘障者。她，有著咖啡色那種膚色，烏亮天然短捲髮，明亮的眼眸精神奕奕顯露著幾分秀氣。有一手臂行動不便，手腕關節往內彎，使得手掌及指頭合攏在一起，有一腳不良於行。雖然行動不便，但她一臉平靜與自信，這才意識到停在入口的小巴士（Handy bus），是等候她的。

初來北美最讓我感動的兩件事，一是人人樂於當義工，服務社區。另一是對待殘障及精神疾病者的方式。記得小時候，若有人家裡有殘障或精神疾病的孩子，總認為是丟臉可恥的事。有的放任孩子不管，讓其四處遊蕩自生自滅；有的則被監禁在家裡。甚至有一種匪夷所思的想法，認為有這樣的孩子是一種報應，是前世作孽才有這樣的果，一味往怪力亂神、迷信想。但這裡想得簡單，或許是基於人權，採一種積極的態度幫殘障者解決問題。既然殘障者行動不便，停車位就畫大一些，洗手間就比一般人寬敞，公共場所設施要求讓障礙者可以像一般人來去自如，交通工具規劃可停放輪椅……等。

少女做完伸展，走向一台鍛練手臂的重量訓練器具，雖然顫抖抖的手不那麼靈活，她還是調整好所要的重量。隨著呼吸她一拉一放認真使力，額頭流滿汗水。做好運動她拿出毛巾擦汗，一面拭汗一面注視著窗外明亮的陽光，馬路上來往的車子，最後，將背包收拾妥當走向電梯離去。我望著她越走越遠的背影，突然想起幾次在商場內，被一個突如其來的高亢聲音吸引著。聽到這聲音，商場內的人不約而同地轉向聲音的來源，原來是一群身心有障礙的青少年出來逛街。這群青少年歪著頭仰著嘴巴開心的說話，有的講話模糊不清，有的不時提高嗓門嚷著，有兩三位輔導人員帶領著。一路上，孩子興奮的與輔導人員說笑。

當我步出社區中心，戶外仍是零度左右的低溫，不過，有著明朗的陽光，感覺真好！

晾衣服

看得出照片中晾曬的衣物不是真的嗎？沒錯，這些是陶藝作品！

那天沿著一處水涯健行，不期而遇這家陶藝工作室，櫥窗展示著一些碗、缽、瓶瓶罐罐的作品，還晾掛著兩串「衣服」。照片上的樓房建物、樹及雲影是外頭景物映照在櫥窗玻璃上的。我曾見過以晾衣服為主題的畫，而以陶藝來表達同樣具巧思，讓人見了不覺莞爾。

說起晾衣服，以溫哥華來說幾乎見不到將衣服晾於戶外的。洗衣機烘乾機是每

晾衣服（溫哥華）　攝影／洪明傑

個住家基本配備，或許是考量觀瞻不將衣物晾在屋外。當然，有了烘乾機烘衣，可不受天候影響隨時有乾淨衣服可穿，但也消耗不少能源。由於衣物一再經烘乾機烘，長期下來也使得衣服越烘越小。台灣大部分人住公寓，後陽台是晾曬衣物的地方，除了濕漉漉的梅雨季不易乾外，其他季節大致還好。

說來，我還是懷念年少時住過以紅磚石板砌成的兩落大厝。老厝的中間是一個大天井，是老厝對外的呼吸。天井兩側各架著一根長竹竿，洗好的衣服便往上吊掛，讓陽光直接照射。曬過的衣服穿在身上有一股天然的濃濃太陽味！

採果樂

記得小時候讀過一則童謠「七個阿姨來摘果」：一二三四五六七，七六五四三二一。七個阿姨來摘果，七隻籃子手中提。七種水果擺七樣：蘋果、桃兒、石榴、柿子、李子、栗子、梨。家鄉不產水果，一下子唸出這麼多的水果，讓人好興奮。同時，延伸想像，想到水果的香氣，繽紛的色彩，甜蜜多汁來。

在藍天白雲涼風徐徐的夏天，到果園採摘水果是令人雀躍的事。果園是採連鎖經營的休閒農場，有自己的品牌，除開放

覆盆子（溫哥華）　攝影／洪明傑

遊客採摘水果外，也賣青菜、果醬、果乾等農產品。夏日，是溫哥華各種莓類的盛產期。又正值暑假，幾乎每處休閒農場可見一家大小出遊摘水果的畫面。

這個夏季，我前後摘了兩次水果。第一次到車程約一小時的Langley採草莓及覆盆子。台灣有草莓，但很少聽到覆盆子，覆盆子像一顆顆紅色小燈籠懸掛在果樹上，成熟時，輕輕一拉便脫落。第二次到近郊的Delta採藍莓。農場是在一個小島上，車子經過一狹窄木橋，過了橋，綠野平疇，一望無際的作物。沒想到除了藍莓，這農場還有其他莓類可採。

採摘的水果過磅，農場以較市面便宜的價錢計價，但農場可減少雇用人手，還是划算。遊客藉此享受田野摘水果的樂趣。採摘的水果除可現吃，也可放入冰箱冷凍，適時打成果汁是不錯的夏日飲料。

釀酒

想像中的酒莊，會是個甚麼樣子呢？或許你跟我有相同的浪漫憧憬。我的想像裏，酒莊四周有一大片綠油油的葡萄園，葡萄棚架垂掛著數不盡的串串葡萄。酒莊的建築應是青石砌成的牆面，石上留有苔痕及歲月的痕跡。酒窖裡則是堆積如山的橡木桶。

來到加拿大常聽朋友到酒莊釀酒，聽他們講得眉飛色舞，讓人好生羨慕。一日，內人心血來潮，提議到酒莊釀酒。難得的經驗，我欣然同意。

出發前，先上網查明了酒莊的確切位置，即刻前往。當車子來到一處又像工廠又像商業區的地方，找到要釀酒的地點。這裡既沒有葡萄園也沒有城堡似的建築，而是一棟玻璃帷幕明亮的大樓。呵！怎麼會是這樣？

接待人員做了介紹後，我們選定釀製冰酒及紅酒。接著服務人員推來以大紙箱包裝的葡萄汁，打開紙箱將葡萄汁倒入一個桶中，然後我們加進酵母就算完

釀酒（溫哥華）　攝影／洪明傑

成了。我刷卡付了錢與我內人相視而笑，釀酒怎麼是這樣的簡單！服務人員說兩個月後，酒釀好會通知我們。

兩個月後，酒莊的人打電話來，約好時間前往。這次感覺好玩一些，我們從清洗瓶子、注酒入瓶、封瓶口、貼標籤，到完成一瓶瓶精美包裝的葡萄美酒。

這是新興迎合顧客釀酒的商業酒莊，加拿大歷史短，大概不易找到我想像中充滿浪漫情調的城堡酒莊吧！

再說鳥事

近日，常去的一處公園出現了貓頭鷹，經常引來路人的圍觀。貓頭鷹大小約三十來公分，有時只有一隻，有時兩隻，有人說牠們是對夫妻鳥。圍觀的人總是品頭論足，指指點點，但貓頭鷹大部分時間閉著眼睛，並沒理會樹下的人來人往及閒言閒語。

鳥兒似乎也有牠們默認的領域，每當貓頭鷹停在某一棵樹上，便引來其旁無數烏鴉的啼叫。有時，貓頭鷹受不了烏鴉的聒噪振翅飛離，不肯罷休的烏鴉仍尾隨其後一路啼叫著。最後，貓頭鷹被迫棲息到公園入口處的幾棵大樹上。人們來到公園總習慣抬頭仰望，對著幾棵大樹搜尋一番。

公園有貓頭鷹的消息迅速傳開，引來更多人士前來觀賞，也招來喜好攝影的人扛著「大砲」來。那日我到公園，依例在公園門口先跟貓頭鷹行注目禮後再往池塘方向走。池塘邊，正有兩位持長鏡頭的攝影者在拍攝荷花及水鴨。見其攝影裝備齊全，趨前告知有貓頭鷹可拍。他們喜出望外，頻頻稱謝，說正為拍貓頭鷹而來。

家鄉有一戶人家戴勝在其屋脊築巢，育有一窩雛鳥。眾所周知，戴勝性喜在破損屋舍及墳墓縫隙築巢，鄉人稱其為墓坑鳥認為是不祥之鳥。由於這迷思，屋主將屋脊上鳥巢入口封住，親鳥無法餵食，使得一窩幼鳥活活餓死。讀了這消息，不免讓人驚嘆扼腕！幾次返鄉，見成群鳥兒飛越溪口，樹林裡鳥鳴啾啾，讓人雀躍不已。而數次得見那全身羽毛斑爛的戴勝，頂著羽冠立於海邊岩石上的美麗身影。

來到加拿大，見有些人家在後院樹上掛著鳥屋，讓鳥兒可以遮風避雨，有的則放置食物飲水給路過的鳥兒。有將自家葫蘆瓜曬乾挖孔，懸掛於院子裡引來鳥兒棲息的，這些畫面總讓人感覺溫馨。甚至有網友架設攝影機，將鳥兒孵蛋、雛鳥破殼、親鳥餵食、幼鳥學飛等過程，透過網路即時與人分享。

家鄉的鳥種愈來愈多，儼然已成賞鳥者樂園。或許，我們得先祛除那些似是而非的迷思，並學習擁有一顆更細膩更柔軟的心。

輯三

美在不經意處（粉彩44.5 × 33cm）：洪明傑

迪化街127號

迪化街的老建築值得細細觀賞（台北）　攝影／洪明傑

已有一段長時間沒去迪化街了。

以往過年前總會去辦年貨，感染那年節特有的街景氛圍。整條街及騎樓被人群擠得水洩不通，店家雇用的工讀生聲嘶力竭叫賣，顧客的試吃討價還價，熱鬧到了極點。每回去會買些香菇、蝦米、干貝、紅棗、枸杞……等乾貨，也買零嘴，像昆布糖，開心果、即時可吃的魚乾等。那些年，記得每次去還買柿餅，認為是理想的喝茶搭配。

除了以南北貨著稱，早年的大稻埕迪化街一帶是福建泉州、漳州、同安等地先民來台聚結的主要地區之一。不但保有傳統建築的市集，街廓同時融入西方及東洋的建築元素，有巴洛克華麗繁複的山牆，有西式及日式的牆面浮雕裝飾，有各式各樣的柱身及美麗柱頭，有拱形的格子窗……，這些精巧的店面樓房頗值得細細品味觀賞，因此，迪化街也以老建築聞名。

童言是我寫部落格認識的文友，她留學德國遠嫁挪威。開始是讀了幾篇她介紹留學時期與友人的情誼，篇篇情真意切極為感人。承她謬讚我部落格中的畫作，又熱心介紹了幾位挪威畫家。一回提到迪化街，童言說她住過迪化街，大稻埕霞海城隍廟一帶有著她太多的回憶。還說迪化街的老家有兩個出口，一邊是迪化街另一頭是民樂街，建議我返台可過去看看，引起我的好奇與興趣。

夏日返台，特地前往迪化街尋訪。炎炎的日頭照得街巷反差分明亮麗無比，街上沒有年節時的摩肩接踵，但多了一份午後的慵懶寧靜。童言的老家是一棟正面以紅磚砌成的三層樓房，女兒牆以紅磚疊成「亞」字形的鏤空圖案，有綠色釉燒花瓶狀的欄杆，拱形窗戶，是座典雅的樓仔厝。屋內很長的縱深，中間穿過一個小天井，直達另一頭民樂街的出口。小天井是室內光線主要來源，角落有一別緻的竹節外觀排水管。雖是店面式的長條形格局，但圍繞著小天井的窗牖引進的光線格外迷人，產生不少讓人讚賞的角落。樓板以不易腐朽的福州杉架起，上頭鋪著木板，樓梯有些陡，但頗為古樸。據童言說，昔日含堂兄弟姊妹屋內住了三十餘人，這裡是孩童捉迷藏理想的場所，對童言來說，定留下不少美麗回憶。目前樓房為淡江大學管理，一樓設為展覽空間，提供藝術工作者申請展出。

走出迪化街，越過車水馬龍的環河快速道路，便是大稻埕碼頭。碼頭入口矗立著一艘昔日往來淡水河與福建沿海的三桅帆船模型。世事滄桑，街景不變，但河水仍逕自悠悠流過，只不過長年泥沙淤積，河流已失去往日航運功能。堤防外，高聳的堤防將喧囂車聲隔絕開來，成了另一個小天地。有一廟宇，廟口的大榕樹濃蔭蔽天，有一桌人圍坐樹陰下開懷喝茶聊天，這樣的生活一如往昔先人的步調。

絕塵秘境——八煙

八煙是陽明山一處山坳聚落。

猶記得上回滿山秋色，山徑小道芒草搖曳，我獨自從擎山崗沿魚路古道走向上磺溪橋附近，原本可直通八煙及天籟溫泉會館的道路，因坍方無法前往。路邊告示牌「八煙」地名，讓我留下印象。後來，讀到許多有關八煙的介紹，那山光水色，岩石矗立水田中的美麗倒影，深深吸引著我。

這回，我搭乘往金山的客運前往，當車子行經小油坑附近，原本陰鬱的天候，一時大霧瀰漫。車子雖開著大燈，能見度僅及數公尺，心中暗叫不妙，這等濃霧如何賞景！沒想到車子於山間蜿蜒，轉了幾個彎後，能見度越來越清晰。抵達目的地，大地像剛下過一場雨般的濕潤，霧氣倏忽消散不見。

八煙隱藏在一處靜謐的山坳裡，有數間以石塊砌成的老厝，斑駁的牆面及屋瓦，正訴說著村落的年歲。來到村口，有一菜攤賣著自己種植的時令蔬菜。主人是一位老伯，我趨前詢問「有岩石矗立水田中的美景，該怎麼走？」「這裡有那些好玩的？」他回答說：「可以泡溫泉啊！」並順手往背後一指，要我往那條小路走。

從萬頭攢動的台北來到八煙，一種放鬆自在油然而生。這裡水資源相當豐沛，地勢略高的梯田、路旁的溝渠，水總是不停地流著，發出潺潺水聲。沿著田間彎曲小路走，有時是一畦水田種著芋頭，寬闊的葉子精神抖擻地矗立著。有時是一處爬滿綠色瓜藤的棚架，數朵黃花點綴其間。或是幾畝田地，種植翠綠菜蔬。或是零星一、兩間屋舍，一攤小店，散落於田野。

來到小路的盡頭眼前為之一亮，這正是我想探訪的畫面，幾個大岩石立於水田之中，雅致，寧靜，帶著禪意。看著這些岩石，我心中疑惑了，這些大岩石原本就立在那兒？還是主人的傑作？觀之村落小路，重型起重機似乎進不來的！姑且暫不論那岩石，光這方水田，便顯現主人的匠心獨運。岩石因這一池水而有了生命，那水中倒影，風吹過的紋路，藍天的倒影，飄過浮雲的影子，遠山的山影，還有田埂邊樹只剩枯枝的倒影；不曉得這些樹是桃花、櫻花還是李花？想開花時節將是何等美景？又是何等嫵媚艷麗倒影？

沿著水田邊窄窄的田埂，我一面觀賞，一面手握相機蹲著或彎腰獵取鏡頭。繞了一周意猶未盡，又繞一圈，再觀賞再拍。這時，天空飄下雨來了。這一趟雖然無法觀賞陽光下燦爛的水影及花朵盛開的艷麗。但陰沉的天空，蕭索的枯枝，清涼的空氣，有著另一番光景，像繁華落盡充滿生機。

綠野阡陌，雞犬相聞，這等幽靜純樸的村落，有如一方淨土，洗滌人心，讓心靈遠離塵囂與擾嚷。

尋訪巷弄裡的人文

二月初，遊黃山順道回到台北，那些天台北總是下著細雨。那日，天氣放晴，心想出去走走，趁機到街廓巷弄找尋一些特殊的風景。

台大、師大附近、永康街一帶，一直是我喜歡閒逛的巷弄。這些地方是我熟悉的地區，打從學生時代，便在這裡四處吃自助餐，自助餐吃膩了，就幾個人相約吃頓客飯打牙祭。

走入師大圖書館旁的巷子再轉進青田街，仍可見一些昔日日式瓦房，院子裡種植經年的蓊鬱樹木紛紛越過牆頭交雜在巷道上空。陽光透過葉子的縫隙灑落一地斑駁，蔥翠遮蔽著整個巷弄。近在咫尺的喧囂車聲完全被隔絕在外，走在這幽靜的窄巷，讓人怡然自得。來到青田街七巷六號這宅子，院子花木扶疏，入口處有一木造雨遮，屋舍牆面有著碩大的窗戶及優雅的窗櫺。灰黑色的屋瓦覆著青苔、枯葉，整棟建築有一種溫潤感，這是台大地質系教授馬廷英也是作家亮軒父親的故居。屋內房間是日式格子拉門，甬道鋪著木頭地板，氣氛高雅。櫃檯、桌面放置馬教授生前的遺物，眼鏡、照片、字典、打字機……。

亮軒曾寫過一篇紀念父親的文字「頓然之間大學強迫第一批老教授退休，退休金幾乎等於沒有。奧卡桑也想不到會有這麼一天，要用錢就跟您要，您，一個全身每個細胞都屬於學者的老人，又有甚麼辦法？」道出一位學者清苦的日子。

出了青田街，過和平東路來到溫州街，走一小段路便是殷海光的故居。殷海光台大哲學系教授，以「寧鳴而死，不默而生」的精神，於《自由中國》批評時政，倡導自由主義啟迪年輕學子。故居大門牆面佈滿青苔，門楣上九重葛恣意攀爬纏繞。進入門內是漆著淡藍色調外牆的日式住屋，室內有殷先生的書桌、書櫃，還有著作及一些剪報。庭院花木茂密濃郁，綠蔭蔽天，綠葉紅花交相輝映繽紛奪目。殷先生曾在院子裡造一景，推一小土堆成一假山，取名「孤鳳山」，假山上放置空心磚及水泥砌成的桌椅，是殷先生戶外的讀書處所；其旁又以水泥磚頭砌一小池，是女兒夏日的戲水池。

出溫州街走入窄窄的泰順街，兩邊密密麻麻小吃商家仍一如往昔，來到師大路，當年闢建公園種植的樹木已亭亭高聳，路旁多了些雅致的咖啡店及餐廳。轉入雲和街，眼前矗立一棟整修過的日式房舍，這是師大教授梁實秋的故居。梁氏曾以「雅舍小品」專欄發表膾炙人口的文章、翻譯莎士比亞全集及主編英漢辭典。

整修過的梁氏故居尚未對外開放，無法入內參觀。不過，昔日磚砌的高牆改成鐵欄杆，房舍外觀清楚可見，前院，那棵梁家臨去不勝依依的大麵包樹仍然茂盛如昔。

突然間，久未露臉的陽光灑落一地，雨後的巷弄格外耀眼。其實，這些幽靜的巷子與各地的清雅巷弄並無太大區別。但有了這些人文，使得屋舍巷道熠熠發光，像似有了生命。

稻田的感動

我一直對稻田有好感，尤其是那綠油油的一大片稻禾。喜歡上稻田美景，可追溯到我第一次與嘉南平原相遇。那時，自故鄉負笈台北唸書，須先搭軍方登陸艦到高雄，再轉搭平快火車上台北。火車經過嘉南平原，那廣袤的稻田，讓人驚豔。綠色的稻禾，隨著火車一路往後奔跑，有時夾雜著一處鴨寮，一段溪流，一個水塘，以及密密麻麻或零零落落的鴨群。返鄉，先搭火車到高雄候船，當火車又經過這處平原，除了再次雀躍可以觀賞這綠野平疇外，心裡多了一份舒展，知道高雄近了，漫漫八小時的車程及一路火車嘈雜撞擊聲終將結束。

往日住台北新店溪畔，溪中急湍水流與河床鵝卵石相擊的水花，溪旁蘆葦芒花搖曳的景象，讓人難忘。記得，隔一條街的社區靠河邊仍是一片農地，種植著一畦畦稻田及稀疏的香蕉叢，社區的一位畫家以這些景物畫了一系列畫作，綠意清朗的畫面，井然有序的稻禾，結實纍纍的稻穗，將稻田入畫的那份特殊美感表達得淋漓盡致，讓人印象深刻。

不久前去了一趟花東，這裡，少了擁擠與喧囂，隨處可見茂密林木，翠綠田野，秀麗山脈，還有遼闊海洋。一路上，見到不少久違的稻田，往昔心中對稻田的那份美好，再度被喚醒開來。經過花東縱谷，觀賞了因藝人拍攝了咖啡廣告而聲名大噪的那一大片稻田。其實，稻禾之美，已長久存在於台灣幾處稻米產區。農民辛勤耕作，用心呵護，將一畝畝稻作，照顧得油綠。有些農民為了田間有遮陽場所，特地在田埂種棵樹。因此，一望無際的稻田平疇，多了綠樹點綴顯得生動而有變化。

最近讀到一則新聞，英國為紀念第一次世界大戰一百週年，由藝術家策畫的一項裝置藝術展，沿著倫敦塔的護城河，插了幾十萬朵陶瓷燒成的紅色罌粟花，追思一戰犧牲的人民。這項名為「血染土地與紅海」（Blood Swept Lands and Seas of Red），吸引將近四百萬人觀賞。讓我聯想到一片片水田，一片片稻作，像是一件件活生生的戶外大型裝置藝術。辛勤的稻農以大地為場域，以遠山藍天為背景，打著赤腳彎著腰，於汙泥中，精準目測距離，插入一株株秧苗，集體完成的大作。

這項農民深耕土地培育稻田的「綠色裝置」創作，不僅美化了大地，豐饒了原野，同時，也滋養了連綿不絕，世世代代的生命。

想起那瑰麗落日

歲暮年終，為了迎接新的一年來到，全球各大都市習慣於跨年夜舉行倒數計時及放煙火活動。台灣則多了一份對日落日升的緬懷憧憬情感，有人駐足送走年度最後的落日，有人則無畏旅途勞累，長途跋涉為迎接新年的第一道曙光。蘭嶼、台東三仙台、花蓮七星潭、阿里山等地，成了人們迎接曙光的理想地點。

讓我想起去年夏天在西子灣一次難得觀賞落日經驗。這裡的夕陽曾造訪多次，但總沒有這一回令人屏息凝視，讚嘆不已。

瑰麗落日（高雄）　攝影／洪明傑

停留高雄期間，常流連哨船頭、打狗英國領事館、柴山等地，興致來時，便搭渡輪到對岸的旗津、旗後砲台、燈塔逛。那日，哨船頭看過港灣的來往船隻及岸邊的垂釣，便往「雄鎮北門」方向走去。路上，大陸遊客絡繹於途聲勢浩大，在手持小旗子導遊帶領下，一波波擦肩而過。當來到「雄鎮北門」面海的一處高地，突然眼前一亮，一輪火紅的日頭懸在海的盡頭。天空清澈得沒有一絲雲層遮掩，整個天幕屬於落日的舞台。

當黃澄澄日頭一分一寸緩緩地往海平面墜落，天幕被染成一片瑰麗，青、紫、紅、黃、橙……等各種顏色恣意彩繪。我目不轉睛注視這綺麗彩霞，不時按下快門記錄難得景觀，偶而心中發出幾聲讚嘆。幾艘自高雄港出海捕魚的漁船，發出隆隆的馬達聲，劃過的水痕在斜陽下粼粼發亮。遠方等待入港卸貨的船隻、閃著亮光的燈塔、漸漸遠去的漁船、像胳臂伸向大海的防波堤，在夕陽的襯托下形成美麗的畫面。

此時，我陶醉在這片夕陽餘暉，忘了時光的流逝，如醉如痴般地融入這片彩色天地裡。紅咚咚的太陽，由沉沒四分之一圓、三分之一、二分之一……，一釐一毫慢慢隱沒入海平面。直到夕陽完全消失，我才回過神來。

走訪眷村

曾讀到有關眷村的彩繪，頗感好奇，國外常見街頭塗鴉，而眷村彩繪是否想將老舊社區美化賦予新生呢？還是純屬藝術表現？一時好奇，走訪了台北市的四四南村、高雄市左營眷村文化中心及眷村。

自從日本投降，國軍及政府官員來台接收，為安置隨同而來的眷屬開始有了眷村。大陸撤退後，幾十萬國軍隨著政府來台，各地的眷村社區才大量增多起來，一說最多時曾多達一千多個。

一場歷史悲劇，說不盡的淚水與悲傷，來台老兵原以為很快便可再度返鄉，但一待數十載，他鄉變故鄉。直到多年後，兩岸才有初步的通郵，眷村文化中心玻璃櫃內展出的信件，盡是淚水、思念與辛酸。

台北的四四南村原是聯勤第四十四兵工廠所蓋，為台北市的第一個眷村。目前這眷村已大部分拆除，僅保留四棟屋舍及一處廣場，稱作「信義公民會館」。

村後矗立著台北一零一，與會館一高一低形成有趣的對比。左營的自助新村，社區裡還住著居民是一處活生生的眷村。眷村內的塗鴉KUSO意味濃厚，有老蔣總統的玉照、武器軍艦、卡通人物、大同寶寶……。有的牆上掛滿琳瑯滿目的鐘及黑膠唱片、牆頭及屋頂立著觀音菩薩塑像及各式玩偶，甚至連電視機收音機都拿來裝飾。

印象中，眷村是簡單而小面積的居家環境，但左營明德新村完完全全顛覆了我的想象。眷村盡是獨門獨院的大宅第，巷道寬闊花木扶疏，有些房舍掩映在一片綠意光影中。社區旁有一大操場，內有一司令台，想當年定是社區活動及娛樂表演的熱鬧場所。據說社區當年接收自日據時代留下來的房舍，後改為將軍的眷舍，因此有「將軍村」。

眷村是台灣特殊時空下的產物，有一陣子，「眷村菜」大行其道，這指來自大陸各地的人帶來的飲食文化，在眷村裡交流、融合、演變，而形成的菜色，這又是眷村衍生出來的餐館文化。

行走魚路古道

已是深秋時節，那日，為了觀賞芒花來到擎天崗，卻不見芒花風采頗為納悶。山頭籠罩著煙嵐，雲煙退去復露出青色山脈，在廣袤綠色山峰擁抱下，沿著環山步道走了一圈。路上，涼風陣陣，伴著幾滴霧氣凝成的小雨。小徑上遇見幾堆牛糞及有心人插在糞上警示的野草。突然警覺身上穿了鮮紅短袖圓領汗衫，牛隻常在此出沒，可不要觸怒了野牛才好，便將帶來的薄外套穿上。繞了環山步道，天色已晚，無法探訪路上標示的「魚路古道」有些失落。

一日，再訪擎天崗，聽旅遊中心服務人員說，魚路古道原本可通至八煙及天籟溫泉會館，目前因坍方只能抵達上磺溪停車場。這天，步道旁、斜坡上，已是密密麻麻白色芒花隨風飛舞，佈滿芒草的遠近山頭白茫茫一片。步道間雜著石板及土質路面，從擎天崗這頭是下坡路段。我獨行於芒花夾道間，居高望遠，步道蜿蜒於山谷斜坡蔓草中，忽隱忽現，盡頭處是堆疊的重重山巒。走了一段路，轉入一片有如雨林般的茂密樹林中；一路潺潺溪流相伴，忽左忽右，不時伴著幾聲鳥啼。林木、岩石長年不見陽光長滿青苔，清涼無比，濕氣瀰漫開來，鼻子嗅到的盡是空氣中的那股清新。靜寂小道上，偶而遇見健行者彼此打聲招呼、互相打氣。

轉過一個彎，路旁有一紅磚砌成的小土地公廟及金爐，小廟屋頂佈滿青苔，不著痕跡地融入這片天地。早年這裡也是有人家的，來到一處有兩間房屋，叫「山豬豐厝地」的。據說屋子主人阿豐仔善於捕捉山豬，人稱山豬豐，可見這片林木以往常有山豬出沒。屋子經國家公園修繕，牆面仍保留原貌以「亂石砌」疊成，保留古意。

行走小徑上不時拍照捕捉喜愛的畫面。此刻，周遭充滿天籟之聲，風吹過的沙沙，水的滴答，一聲劃過的蛙鳴。一人獨行的寂寂路上，方才領略隨身相機的意義，憑藉著它與岩石上的小蜥蜴、隨風搖曳的芒草、山澗汩汩的水流、石板上的枯葉……有了交流，有了對話，身處曠野大地而沒絲毫孤獨之感。

來至許顏橋，是昔日茶商許顏為運送茶葉之便而建的。見一人立於橋上釣魚，頗有古人「獨釣寒江雪」之雅興。這裡雖是不受汙染的理想釣場，但國家公園內一草一木皆受到保護，能否釣魚，應多留意。橋下上磺溪，流水淙淙，與溪床大小錯落的岩石濺起白色水花。過橋不遠，立了一個「道路坍塌，禁止通行」的告示，這裡是目前古道的終點，管理處搭了座木橋引導遊客往上磺溪停車場。出口處路面較寬，光復初期曾在此開採白土礦，現場遺有一口昔日礦工煮食的大灶。

古道全長三公里多，路上林相豐富，有叢生的草原，也有類似雨林的秘境。走來，心曠神怡舒爽無比。而土地公廟、山豬豐厝地、許顏橋等人文景觀，提供遊客遙想古道舊日風貌的佐證。

藍天綠地聊天室

傍晚時分，蟬鳴喧嚣得厲害，暑氣仍鬱悶難散，讓人全身黏答答的。

我沿著美術館周邊小葉欖仁樹下寬闊人行道走著，一路上有不少慢跑及健走的人。經過一處空地，一群人正隨著擴音器傳出的樂音扭動身軀跳著舞，優雅俐落的舞步讓我駐足觀賞片刻。轉角處廣告欄上貼著「蒙娜麗莎500年——達芬奇傳奇」醒目畫展海報。馬路另一邊一列火車正由遠而近鳴著汽笛，轟隆！轟隆！奔馳而過。

聊天（高雄）　攝影／洪明傑

嫌馬路邊車聲吵雜，走了一段路後我便拐入園區，園內有池塘、樹林、廣闊的草坪、交錯的步道。隨意沿著步道走著，偶而一陣清風襲來，身上頓覺舒爽許多。幾天前的一個颱風，狂風驟雨讓菜農損失慘重，蔬菜價格一路攀升；經一處高可及膝的蔓草地，兩婦人正尋覓採摘間雜其中的野菜，每人提著一只裝滿野菜鼓鼓的塑膠袋，真佩服這些現代神農氏可分辨野外菜蔬。穿過一處矮樹叢，來到一睡蓮池，池中有粉紅、白色蓮花數朵，一隻烏龜於石頭上休憩，見人來隨即潛入水中躲避。這裡像是市民認養的一方小天地，池旁開著類似芙蓉五顏六色的美艷大花朵，幾張回收的椅子，數棵檸檬桉樹幹上掛著數盆蘭花。

經一片草坪後走上一斜坡，突然被眼前的畫面吸引住了。草地上圍坐著八、九人談天說笑，頗有古人「綠樹村邊合，青山郭外斜。開軒面場圃，把酒話桑麻。」的雅趣，美好和諧的場景。

酷暑夏日，晚風如水，大都會一角落，好友數人，以藍天綠地為聊天室，彼此心靈分享，生活一樂也。

摘龍眼

車子奔馳於東西向快速道路，接近旗山路段，放眼望去公路兩旁盡是香蕉園。這裡曾是昔日創造「香蕉王國」的香蕉主要產地。穿過高雄縣的旗山，來到台南縣的南化，景觀為之丕變，舉目所見盡是芒果與龍眼樹。

這時節，芒果的採摘期已過，就僅剩龍眼了。芒果是我最愛的水果，記得第一回聽到「愛文」、「海頓」的芒果名稱，感覺好好聽，真佩服為這些水果命名的人。那瑰麗的色彩有淡黃、黃、金黃、

創意設計的採龍眼竹竿（南化）　攝影／洪明傑

紅、豔紅、紫紅等色彩，特殊的果香及甜味讓人百吃不厭。果園在一處山坡地上，進入山谷鳥鳴啾啾，蝴蝶翩翩起舞。幾次見到美麗斑紋的蝴蝶，但隨身帶的傻瓜相機無法拉得夠近，每回都太靠近而嚇走蝴蝶，頗感懊惱。環顧四週，遠處山巒疊嶂，白雲緩緩飄過山頭，山谷歲月是另一番景象。

我們以竹竿做為採龍眼的工具，這竹竿可是有玄機的，在竹竿頂端用金屬鋁線纏繞數圈扎牢，然後在其下方切一大缺口，沿著缺口向頂端劈出約三十公分的夾縫來。採摘龍眼只要將結實纍纍的龍眼枝梗引入這缺口，然後轉動著竹竿，便可將枝梗扭斷。真佩服果農的智慧，創造如此簡易的工具，對採收龍眼卻有大用途。

面對著滿山遍野結實纍纍的果樹，讓我們讚嘆不已！但朋友卻感傷的說：「現在年輕人都不種田了，以後台灣可能都要吃進口的水果了！」

坪頂古圳

過年後的台北細雨霏霏，讓人感覺有些冷冽蕭瑟，氣象預報說周末將可放晴。好友金星自桃園來電相約到陽明山坪頂古圳，我心中自是歡喜，除了可見到久未見面的老朋友，也正盼望出外曬曬太陽。

金星十多年來著迷賞鳥，近五六年又鍾情拍攝蝴蝶蜻蜓，足跡遍及台灣各地。據他說，目前台灣可見到的蝴蝶約有三百六十種上下，除了一些高山稀有蝶種外，他已拍到三百一十餘種；現有蜻蜓一百四十餘種，他也拍到約一百三十種，可謂成績斐然。

車子到了陽明山腳下，金星突然對我說「你看！山頭有幾隻大冠鷲！」我順著他手指的方向，隔著擋風玻璃往外望，有幾隻黑色飛鳥正在空中盤旋。那是夠遠的，不仔細看還不容易發現，讓我佩服他的視覺及觀察的敏銳。他接著問說「小時候你應該見過老鷹捉小雞吧？」我答說「沒有！」他不敢置信的說「沒有？我們小時候經常見到耶！你怎麼會沒有？」對我這同鄉沒見過老鷹捉小雞抱著極度懷疑的態度。接著說「當鷹隼在天空盤旋，母雞咯咯地叫且急忙張開翅膀讓小雞躲入，落單的小雞轉瞬間便被老鷹叼走了。」又說「小時候，我們隨時留意屋外雞群的動靜，隨時準備驅趕來襲的老鷹。」我聽了訝異不已，不知家鄉還有這等畫面。猜想可能是金星住村莊，我住小鎮人口較多的緣故。或許由於自小的經驗及訓練，讓他一眼便望見那遠處的大冠鷲。

陽明山翠綠盎然，偶見有些人家屋旁種著一兩株櫻花、桃花，正應著那句「萬綠叢中一點紅」，將山頭點綴得嫵媚動人。山上的平等里昔日稱為坪頂，這裡共有圳溝三條，這三條水道依著山勢而流動，彼此成平行。最上面的水道稱坪頂古圳，建於道光十五年（西元1835年），至今已一百七十餘年了。中間這條則於西元1849年開闢，稱作坪頂新圳。最下面的水道叫登峰圳，開鑿於西元1909年。這些水道寬約數十數公分至一公尺上下，水流清澈源源不斷。

這時節，蝴蝶蜻蜓不是很多，由於金星對昆蟲觀察的靈敏，輕易發現牠們藏身處。透過他的介紹，我認識到黯弄蝶、緣點白粉蝶、紫日灰蝶、……。後來金星發現一隻細胸珈蟌以手勢招呼我看，那全身絢麗的色彩讓人驚艷。途中還不時聽到一種叫聲，以為是鳥的鳴叫，金星說「那不是鳥叫聲，是斯文豪氏赤蛙。」

篳路藍縷以啟山林，坪頂古圳是先民一頁活歷史。先民開鑿溝圳，除了解決日常生活的用水，同時達成灌溉農作物的功能，據說平等里現今仍是台北市蔬菜花卉的重要來源。

早春嫩綠山巒迴旋著清新空氣，綠蔭處處的步道鳥鳴不絕於耳。置身其間，一樂也！

一次漫步「沙漠」的經驗

我沒到過沙漠，但到訪日本鳥取縣的沙丘，心裡蠻興奮的，雖然那不是真正的沙漠地形。不過，這長十餘公里，寬兩、三公里的面積，有低窪凹處形成的小湖泊，還有數十公尺高的沙丘，也足夠我體驗沙漠的感覺了。

抵達沙丘需搭一段長約百來公尺的纜車，這纜車與高山滑雪場的纜車相似，像垂掛於電纜上的一張雙人座靠背椅，纜車離地面僅三、四公尺高。其實，沙丘外就有條大馬路，遊客的車子「可逕至沙丘入口處，或許，這纜車只是為了豐富景點的內容而設計的。

沙丘位於本州的北岸，瀕臨「日本海」，這裡沒有沙漠氣候早晚的溫差，偶而有自海面吹來的海風。當然，這裡看不到海市蜃樓，也沒有紀德在「沙漠」一文中描述的怵目驚心景象「駱駝的白骨蔽野；那些駱駝因過度疲頓，再難趕路，被商人遺棄了；隨即屍體腐爛，綴滿蒼蠅，散發出惡臭。」又說「這裡的青草似乎比別處更嫩更香。由於害怕未待結實就被烈日曬枯，青草都急急忙忙地開花，授粉播香，它們的愛情是急促短暫的。」而鳥取這沙丘是刻意保護的，沙丘上不容許長出野草來的，一發現長出草來即刻拔除，就是要保留整片沙丘的純粹。

沙丘柔和、溫潤、優美，有些地方留下風吹過的美麗紋路，有些則是旅客雜沓的足跡。雖然沒有駱駝行旅的鈴聲，不過管理單位於入口處安排了兩隻駱駝供旅客付費坐騎，體驗沙漠中坐騎駱駝的況味。

午後陽光有些熱，我的步履有時深陷沙中，但還是一步步往沙丘高處走。約略可以領會於廣袤沙漠中，酷熱的太陽，滾燙的沙子，飲水的難得，路上跋涉的艱辛。來到沙丘最高處，傍著「日本海」，極目遠眺，碧波萬頃，湛藍的海水無限延伸一望無際。岸邊海水激起浪花朵朵，煞是好看；另一邊，沙丘盡頭及其邊緣的屋舍樹林盡收眼底。

這片土黃的大沙丘，蔚藍的海水，淡青的天際，構成的色塊碩大而單純；簡單清新的地景令人愉悅，有種遠離塵囂的幸福感。或許，這沙丘也具有真實沙漠的那份蒼涼、空曠、飄渺。

黃山一瞥

二月初，出發遊黃山前，來自江南的友人特別叮嚀要多帶禦寒衣物，又幫忙查詢氣象預報，說登黃山那日，正好有寒潮來襲也可能下雪。這一提醒讓我們戒慎恐懼，將靴子、羽絨外套、手套、毛線帽等一一塞入行旅箱。心裡擔心著，若是下雪山徑濕滑，黃山是否還能上得去？

當飛機抵達上海浦東機場天氣是陰陰沉沉的，接下來幾天不是細雨霏霏就是陰鬱多雲。到達西湖更為濕冷，想像中江南天氣應如湖邊柳條般溫柔怡人；但事實並非如此，來自湖面的凜冽寒風，讓戴著手套的指尖也失了知覺。所幸先前預測的氣象有了變化，登黃山那日不但沒雨沒雪，還是一個亮麗的晴天。

黃山位於皖南，車子在高速公路迤邐而行，沿途所見盡是白牆黛瓦屋舍，散落於秀麗山巒間。我們自「西海」搭纜車上山，纜車緩緩而上，俄頃間，遠近諸峰一一出現腳下，奇石、虯蟠的古松佇立於一座座類似筍尖的山頭。有些山頂、谷窪的松林仍還覆著一層薄薄白雪，讓人很自然聯想到國畫裡的山水。其實，黃山隨處所見盡是一幅幅國畫山水，眼前的層巒疊嶂高低山頭，可找到斧劈皴、披麻皴、荷葉皴、米點皴……等國畫繪畫元素，由於國畫師法造化的關係，歷來就有不少名家前來黃山寫生畫畫。畫家吳冠中說：「許多中國畫家以黃山獲得了美感的啟示，特別是山石的幾何形之間的組織美；方與尖、疏與密、橫與直之間的對比與和諧。尤其，高高低低石隙中伸出虬松，那些屈曲的鐵線嵌入峰巒急流奔瀉的直線間，構成了具獨特風格的線之樂曲。」

一說黃山隨著四季變化而有不同景觀，春可賞花，夏可觀瀑，秋有楓紅，冬可賞雪，可謂氣象萬千。我們沿著蜿蜒的山道拾級而上，一路所見，有圓潤雄渾的山頭，更多時候是犬齒交錯的群峰。松樹或沿著山坡形成一片松林，或各自獨立於山巔、崖壁、岩石間，各展其千姿百態。當來到始信峰，遠望雲煙浩渺峰巒起落，近觀則奇松怪石點綴其間。明朝旅遊家徐霞客兩度探訪黃山，曾說：「薄海內無如徽之黃山，登黃山，天下無山，觀止矣。」對黃山可謂推崇備至。山上小徑上偶見挑夫一前一後抬著坐著遊客的轎子、或步履蹣跚獨自挑著重物，沉重地奔波於高低石階上；如此討生活，看了讓人心酸。

離開黃山車過新安江，新安江與蘭江匯合後的河段便是富春江，讓人想起黃公望以這江水為背景畫的「富春山居圖」，一時好奇探頭多看了江面幾眼。說來奇特，此趟江南遊，以往曾經讀過的詩詞、賞過的畫作，好像與實際地理有了連結而產生了變化，而與過往的人物有了更貼近的交流，這是未曾有過的經驗。

心理治療師

我是公園綠蔭下一張藤椅
夏日高雄時光
如此　悠閒
晨昏朝夕人來人往
訴說著　各自心情故事
我像是心理治療師
耐心
靜靜地傾聽每個人的心事

心理治療師（高雄）
攝影／洪明傑

偏向虎山行

記得多年前台北推行社區小公園，雖然有些公園侷促於街巷一處小角落，不過也引進一絲綠意進入水泥叢林的都會。近年來，台北於山區及近郊步道的整理維護多所著力，在交通便利點與附近的步道做了妥善的連結，形成多處所謂的親山步道，讓市民容易接觸周遭的大自然。像我初次走台北步道的菜鳥來說，是陌生的，雖然行前做了功課，仍無法充分掌握，只得實際探訪時邊走邊問。

虎山溪親山步道，雖短短數百公尺，卻有豐富生態，聽說螢火蟲也復育成功。穿過喧囂街衢巷弄，走一段小山坡，便來到這處草木蓊鬱的幽靜處。步道的路面、欄杆、拱橋等皆以石材打造而成，深具樸實古味。於周遭綠意的襯托下，偶見蝴蝶翩躚，徒步其間令人舒坦自在。步道最高處有一片市民種植的菜園，翠綠盎然特別迷人。

原只想走這段步道，但至盡頭，意猶未盡。橫在眼前是一條產業道路，可通至象山，臨時起意繼續前行。卻不知這一路上處處野狗，不是遠遠吠聲四起讓人心驚，就是三五成群齜牙咧嘴，甚至近距離咆哮低吟步步進逼，讓我不得不於路邊撿拾一根細樹枝權充登山杖。約走了四十分鐘來到一處道觀北星寶宮，正困惑無路可走，這時遇上一位步道巡查員，他說，道觀後頭任何斜坡小徑往上走就是象山了。我問他為何一路如此多野狗，對步道健行者是一大威脅。他說，這事真是兩難，每個人有權利做自己想做的事。保護動物的人士將流浪狗帶到山上來，有時來餵食來建狗屋。他還建議我說，除了走產業道路還可走九五峰來象山，那段路較具挑戰性。

往象山石板步道鋪設得相當平整。這是我多年後再度登臨象山，卻找不到昔日任何記憶。記得前次來，山上有一空曠地，有不少細瘦樹幹的林木，還有單槓吊環之類的運動器材。但這回已見不到寬闊空地，上下山階梯也顯得格外陡峭，或許，可能是我的記憶已不真切。象山雖不高，但舉目遠眺一大半台北盆地仍在視線內，壯觀的101大樓近在咫尺，是觀賞台北最高樓的理想地點。

天母古道

天母古道據說是昔日往來金山台北魚路古道的一部份，步道從陽明山山仔后到山腳下的天母全長三點七五公里，徒步時間約一個半小時。我選擇先搭公車到山仔后，然後從陽明山徒步下山，順道逛久未造訪的天母。

到山仔后，特地先到附近的花卉試驗中心，一處佔地四公頃多的園地，原本研究柑橘，後來因環境適合低海拔溫帶花木培育，成了茶花杜鵑花品種收集及培育場所。這裡清幽宜人，目前有茶花五百餘種一萬多株。茶花樹株株高大濃綠，開著紅、粉紅及白色花朵。這天是台北冬日多日低溫溼雨後的晴天，園區內見到四、五對新人拍攝婚紗照。一處角落的幾棵楓樹，逆光下枝葉顯得格外迷人。我正專注拍照，來了一夥婦人，興高采烈有說有笑，說楓樹好看，紛紛拿出手機猛拍自拍。前不久讀了一則報導說，退休男性比較容易適應不良，不若女性退休後懂得呼朋引伴一起出遊、喝下午茶聊天，眼前就是明證。一夥退休老男人，大概不會相約對著楓樹狂拍自拍吧！

步道入口處一株梅花枝梗已冒出白色花朵，像是報春花告知遊人春天已不遠了。雖是冬日，步道仍綠蔭蔽天，想夏日行走也是涼爽無比。已有年歲的道旁林木，枝幹粗壯，或許由於植物的向光性及步道枝葉茂密，為了爭取陽光，有些山壁樹木弓著軀幹凌空跨過步道伸向崖邊，形成一特殊景觀。看了路上的告示，才知道步道也有台灣獼猴出沒。路上遇到一位山友說，由於路過的遊客遵守不餵食獼猴的規定，這裡獼猴與登山客通常是井水不犯河水，路上相遇互不相擾。還說，不像高雄柴山獼猴，有時還搶奪遊客食物。說到柴山獼猴，我是清楚的，一回在登山口就遇見成群獼猴，樹上、電線桿、瓦房屋頂，約有六、七隻，「猴視眈眈」等著遊客給食物。不過，這趟天母古道，我倒沒看到獼猴蹤影。快到天母這端大約有一千多級階梯，俗話說：「上山容易，下山難。」依我看，上下山都是項挑戰，走太長的階梯叫人雙腿痠麻。

出步道前，路旁有一黑色碩大水管沿著山坡而下。水管建於一九二八年的日據時期，當時為了配合台北地區日增的人口，特地以這水管輸運草山湧泉，來供應天母士林居民飲用，見證了一頁歷史。

縱走聖人瀑布擎天崗步道

幾年前朋友的引領走過一趟坪頂古圳後，便深深愛上陽明山的步道。剛開始對這些步道一片茫然，一無所知，慢慢了解約略可分為：大屯山、七星山及擎天崗等幾個山系，每個山系有數條步道可走。其中距離有長有短，坡度有陡峭有平坦的。

入冬是台北雨季，數日的綿綿細雨終於放晴，把握難得的機會走了一趟絹絲瀑布步道；意猶未盡，隔了兩天仍是暖暖晴日，又前往走聖人瀑布至擎天崗（頂山石梯嶺步道），至此，擎天崗山系的幾個步道，絹絲瀑布、魚路古道、坪頂古圳、頂山石梯嶺等步道走了一遍。從聖人瀑布至擎天崗，全長大概八公里左右，約需花四個多小時，是這山系最長的步道。

那日，於捷運劍潭站搭往聖人瀑布的公車，原以為瀑布是步道一處景點，沒想到就在下車不遠處的崖壁上。找了步道登山口，剛開始是一段有坡度的產業道路，約走兩公里來到風櫃口。接著一路有芒草夾道，附著青苔的石階及穿過密林的小徑。步道隨著山勢起伏，至高處，回望可觀覽遠方群山重疊的稜線，近處隨風擺盪的芒草。我喜愛國家公園的那份純淨保留著大自然原貌，茂密林木覆蓋著群峰，白色芒花掩覆著原野。起起落落的山頭，沒有違建的鐵皮屋、廣告牌樓、道觀寺廟。

有朋友這樣問我說「走步道，會不會有寂寥之感？」其實，漫步林間是件愉快事。我不得不說，由於有相機陪伴，一路所見溪流山岳，煙靄雲嵐，花鳥草木……，引人入勝之處便迫不急待按下快門，根本無暇想到寂寥。

這時節步道美景以芒花為主，聽說三、四月間，沿途有金毛杜鵑、唐杜鵑、玉山杜鵑、西施花及滿山紅等原生種杜鵑，步道有了豔麗花兒點綴，當又是另一番景觀。不確定擎天崗末班車時間，一路上我沒有太多休息，原為四個多鐘頭的優閒路程，我以急行軍的速度，大概三個多小時抵達目的地。

山上氣候多變，快到擎天崗又起了霧。一會兒，大霧籠罩，能見度僅及數公尺。這時，遇見一對夫婦，先生看我臉上流著汗水，好奇地問：

「你從哪邊過來的？」

「聖人瀑布」我回說

「走了多久？」

「大概三個多小時吧！」

「你年紀多大？」

我說了出生年次。

擦身而過後，隱約聽到他跟太太說：「好厲害喔！他才少我一歲耶！」

其實，哪來厲害，我只是喜歡走路經常走路而已，況且這是一般步道，不像陡峻高山費體力。

我的台灣「自由行」

這趟台灣行除了處理事情也隨興到處走走，其中有些是曾在網路觀賞到想去的景點，有些是臨時起意拜訪的。所有行程搭乘公共交通，雖然曾遇到苦候公車不來招攬不到計程車的窘境，但也有意外的驚喜。

1.陽明山

陽明山是值得一遊再遊的景點，蔥綠的林木山頭，仍具原始氣息的步道，遊走其間讓人神采飛揚。前後去了三、四趟，到訪了大屯山、冷水坑、擎天崗、二子坪、面天山、向天山等地。近距離觀賞了台灣藍鵲、五色鳥、青斑蝶、竹節蟲以及溪中游走的龜殼花等多種生物，可說是台北的大自然教室。一次到大屯山，路上被人車擠得水洩不通，路旁架著一長排攝影機腳架。趨前詢問，原來腳架是佔位置的，等著拍攝有山水之勝的淡水河落日，才見識了台灣鄉親攝影的熱情。

有一回，走出陽明山步道，正愁如何搭車，正好遇上往金山的客運，便搭上了車順便訪了金山老街，這是搭公共交通的隨興。

2.平溪支線

慢速火車旅遊給人輕鬆悠閒，那日搭北迴火車轉乘平溪支線。沿線山城小鎮有狹窄古味的老街、廢棄的礦坑房舍、日據時代遺跡，形成一有特色的旅遊帶。我上下菁桐、平溪、十分等小鎮，想再訪侯硐天色已暗，想必於十分瀑布流連過久。當走得精疲力竭，欣喜發現十分有公車直達木柵捷運站。

3.新埔柿子

幾次網路觀賞新埔柿子節的介紹，那黃澄澄的柿子一大盤一大盤在陽光下曝曬，色澤艷麗光影迷人，心裡想著有機會一定前往一遊。這回總算讓我遇到了，不過，一路的交通不便，讓我痛苦不堪。柿子節以幾家柿子家庭式加工廠為核心，古式的磚瓦老厝，一旁的曬穀場曬著一盤盤柿子，吸引著遊客忘情拍照。屋後山坡種植著柿子樹，橙黃果子與綠葉相襯格外好看。灑滿一地的陽光，狗兒慵懶趴在門口埕打盹兒，時光好像回到往昔光景。

4.淡水

淡水擁有觀音山淡水河風景之勝，加上交通便利是我返台必訪的景點。有時沿著河邊走欣賞河面輪渡，有時走窄巷老街觀賞巷弄風情。這回慕名拜訪「一滴水博物館」，這日式館舍一磚一瓦，一樑一柱，原原本本從日本運送過來。博物館與滬尾砲台比鄰，屋舍儼然環境清幽。抵達時天色已晚，暈黃的燈光自格子窗透露出來有種和風的溫潤。

5.清境農場

秀麗的山脈層巒疊嶂的陵線，偶而幾朵輕盈白雲飄過，是我對清境農場的印象。多年後再訪，依然清雅脫俗，景色宜人。草原多了綿羊，遊客嘻笑逗著羊兒玩。不過，隨處可見違法的旅館民宿，顯得有些混亂失序。回程順道遊了逢甲夜市。

6. 旗山老街

旗山一度是台灣香蕉主要輸出產地，仿巴洛克的旗山老街，拱型的亭仔腳、農會、車站、教堂，顯現過往的一段風華。多年前曾觀賞過阮義忠拍的山地門系列照片，本想就近往訪，但公車班次極少只得作罷。

無疑的，台灣人文豐饒地形多樣，還有一些地方想去，一些景點得自行開車，只好留待他日再訪。

宜蘭行

想到宜蘭，是被那綠野平疇的蘭陽平原所吸引。又一位朋友剛從宜蘭度假回來，推薦說「若想找一處青草地、流水潺潺的河谷、滿佈青苔的岩石、聽聽清脆的鳥聲，無疑的，宜蘭是理想的選擇之一。」並熱心提供了幾處景點。我們也正想藉這機會見識一下雪山隧道，便決定了宜蘭行。

當車子開上了中山高接著來到二高，進入雪山隧道那一刻叫人興奮的。昔日到宜蘭需經新店，再經九彎十八拐的山路，才到達宜蘭。而此刻車子飛奔在隧道裡，風雷電掣地往宜蘭奔去，全長十二點九公里的隧道是項艱鉅的工程。

在隧道內，妻突然想到甚麼問我說：「宜蘭有大學嗎？」心想這幾年各縣市極力爭取設立大學應該有吧！「喔，我想起來了，先前的宜蘭農工改制成宜蘭大學了。」有趣的是這趟宜蘭之旅，不但經過宜蘭大學，還見到兩所宜蘭新設立的大學，佛光大學及淡江大學分校。

車子出了隧道，很快來到頭城、礁溪，最後抵達宜蘭。宜蘭是優閒舒緩的城市，我們先開著車四處繞。發覺車子的胎壓不足，便找了一家輪胎行打氣。老闆老闆娘約四十來歲，一對親切熱心的夫婦。我們提到幾處朋友建議的景點，他們認為沒甚麼特殊，建議我們就近到林美步道。

臨行，他們又叮嚀車子要保持往山的方向開，經四、五個加油站後，再問人。終於，我們找到了步道入口。步道，有橘子、柚子、香蕉，還有波羅蜜。一路上，白雲青山，蟬鳴吱吱，居高臨下，可觀賞遠方海景。

車子來到一處山巔，見到淡江及佛光兩所大學，巍峨的校舍各據一個山頭。美景當前，這裡可俯覽遠方龜山島，蘭陽平原美景盡收眼底。

若是公園多好

住處位在台地上的小鎮。一般說來，炎炎的夏日這裡的溫度通常比台北都會區要低個兩三度。居處不用開冷氣，其實，更確切的說，也沒裝冷氣，只有兩台風扇就讓人涼爽了一夏。

陽台外是一大片綠色草地，相思林木三三兩兩散落在草地上。最令人驚喜的是鳥兒的啁啾，蟬鳴的喧囂。尤以那蟬鳴最叫人驚嘆，有時此起彼落眾聲喧嘩，有時又像有高低音之分，先有低音引導接著是高音的出現。走近陽台，見這綠地聽那鳥

一大片綠地（林口）　攝影／洪明傑

語蟲鳴直叫人開心。這綠地林木像小鎮之肺，吐納著居民的呼吸。

但綠地很快就要消失了，這裡將蓋滿房子，一邊蓋政府機關辦公大樓，另一邊計劃蓋個大商場。我們都市空間哲學好像都要塞滿建物、充斥鋼筋水泥，才叫做都市。

試想，這片綠地若經美化作為公園，將給小鎮帶來多麼不一樣的面貌！

碗粿

台南是台灣的古都，擁有的古蹟少則百來年，多則可達三、四百年。連飲食小吃店也是動則幾十年，甚至上百年的。一家點心店能夠綿延數十年，甚至百年以上，經歷多少慘淡風霜還能存活下來，自有其存在的理由。

位於台南市民權路的這家肉丸碗粿店已經有七十八年的歷史了。這小吃加了蒜泥、辣椒醬真是好吃，吃了總覺意猶未盡，還想再吃。再佐以當地出產的鮮美虱目魚丸湯，加些芹菜珠、胡椒粉提味，真

碗粿（台南）　攝影／洪明傑

的夠美味的，這可是旅居國外難得吃到的純正台灣小吃口味。幾天前讀到一則新聞說政府將推展「吃」的外交，輔導業者將台灣小吃介紹給全世界，這是個好點子，「與人交往，先抓住對方的胃」，不失良好的外交策略。

另一家位於街市要津的包子店歷史更早，店員告訴我們說已經有一百三十年的歷史了。門楣上懸掛的招牌，寫著創立於清同治十年。包子店除了有肉包、菜包外，還有各式的中式點心。

同行的友人知道我們喜歡吃包子，於返回高雄的途中又帶我們到楠梓火車站前的包子店。除了肉包、菜包外，還有紅豆包、芝麻包……等。店內放置兩個大火爐，上頭各放置四、五層的大蒸籠，熱氣蒸騰炊煙裊裊，煞是壯觀。友人說，每當吃飯時間，店前常常大排長龍。去時正值下著滂沱大雨，無法拍下那大蒸籠的壯觀場面頗為可惜。

值得一提的是高雄鹽埕區賣金飾的新樂街巷子內的一家老字號餛飩店，自從朋友介紹後，每回來到高雄我都去吃，餛飩料多實在，店內經常座無虛席。

不可否認的，旅行中遇見美食是件令人快樂的事！

部落格貼紙戀

這裡所稱的部落格貼紙，實際上是一串程式碼，當貼在網頁上便顯出彩色圖案與文字的貼紙。我也說不出為何喜歡上這貼紙，大概是那份美感吧！總覺得首頁有幾張貼紙點綴是美的。

已經忘了甚麼時候我有第一枚貼紙「麻辣鮮師」，綠色底白色字體，一抹紅色點綴讓整張貼紙生動起來。後來，見到「繪本達人」貼紙，畫面一排彩色鉛筆也喜歡，便詢問電家族，我格子內也有圖畫，能不能擁有那張貼紙？得到的回覆是格子內的圖畫篇數必須超過所有文章的三分之一或是二分之一。格子內確實沒那麼多圖畫，只好與「繪本達人」貼紙失之交臂。「好攝一族」貼紙是枚相機圖案，以目前我的傻瓜相機要拍隻蝴蝶鳥兒，稍稍靠近，鳥兒蝴蝶便紛紛走避。比起擁有專業相機，甚至擁有「大砲」的網友，可說寒酸到不行。這枚貼紙只好等裝備齊全再說。

今年四月份，看到中國時報等單位舉辦的第六屆「全球華文部落格大獎」活動，眼睛為之一亮，便毫不猶疑報名參加。我心裡壓根兒沒想到得獎這事，正確地說，我是為那張貼紙而來。很幸運的，我獲得「藝術文化」類的初選，得到一枚心愛的貼紙。雖然後來的決選沒晉級，但一點也不難過，因為我已得到我所要的。

六月上旬，突然接獲聯合報部落格通知：恭喜您獲評選為「第四屆部落格百傑活動」中「文學創藝類」領域的部落格百傑，電家族和大家一樣高興，並感到於有榮焉！電家族已致贈五十MB的相簿空間。這是另一個由資策會主辦的部落格推選活動。雖然我已加入部落客一年多，我仍弄不清部落格有何活動與比賽。後來才知道「部落客百傑」是透過電腦程式設定一些條件從國內四大部落格平台中選出的。哇！真是天上掉下來的禮物，還有貼紙耶！

「部落格百傑」還有後續的Facebook按讚投票活動，選出每類前十名，稱為十傑。在投票中，我的票數一直處在落後群，承蒙網友的相助才將票數提升到前二十名左右。沒想到那日，本身也是十傑的六月在訪客簿留言說，我獲選為十傑，讓我喜出望外。又讓我多了一枚戴著可愛皇冠的銀牌貼紙，使得首頁長久來只有孤伶伶的一枚貼紙，一時熱鬧了起來。

其他像「UDN相簿主打星」及「城市」的貼紙也喜歡，我感覺城市的貼紙稍微小了些。由於照顧自己格子已力不從心，就沒打算加入任何城市。有些活動，則必須透過投票產生入選者，對我來說，除了不擅長拉票外，也不便打擾親朋好友參與投票，這些心愛的貼紙只好割愛了

輯四

雪景（粉彩44.5 × 33cm）：洪明傑

雨夜讀詩

前日的一場雪，在屋頂積了一層如棉被般的白雪，今日下起雨來，雨勢雖不大，僅是毛毛細雨，雪還是漸漸消融。只聽得那汩汩水流自水管流出，間雜著自屋簷滴落的水聲。夜晚，一片靜寂，那雨水聲更為清晰。

數日前，讀了洛夫早年的散文集「孤寂中的回響」有關詩的理論。書的年代已久，但其中談到詩的語言和意象、一首詩的構成、詩的比喻象徵暗示、詩語言技巧等，對我來說仍然受益良多。難能可貴的，書中談的雖是現代詩，但多數以古典詩為例子做解說。除了讓人感受詩人對古典詩的熟稔，同時體會到現代詩與古典詩接續的必要。無疑的，新詩創作者若能出入古詩，擁有深厚的古典詩基礎，先吸取豐厚的傳統養分，也有助現代詩開創新局。

又找來「洛夫詩選」選讀了數首，詩人善用擬人化的手法，如：所有的花朵／都瞇著眼，翹著唇，豎著耳朵／傾聽深山裡／雪的／……笑聲（鳥語）。

美麗的聯想，如：晚鐘／是遊客下山的小路（金龍禪寺），又如：在窗玻璃上呵一口氣／再用手指畫一條長長小路／以及小路盡頭／一個背影（窗下）。誇大的描述：一把酒壺／坐在那裏／釀造一個悲涼的下午（壺之歌）。

精彩詩語言不勝枚舉，讓人陶醉於詩意裡。一時興起，感覺好玩，寫了兩首不成詩的小詩：

其一：青斑蝶

微風吹拂　那片盛開梅花
如浪花　如雲　似雪

停在花朵上的青斑蝶
輕緩拍動一雙絢麗羽翼

像記憶裡
一對嫵媚秀麗的眼眸眨著

其二：夜

房間流淌著Susie Arioli爵士樂
The way you look tonight.
突聞一陣淡淡花香襲來
推窗 尋覓

只見
僅剩枝枒櫻花樹 兀立窗前
遠處高懸的星子 捧腹大笑

當然，詩中若含暗喻，不僅想像空間大且可讀性也高。古人論詩也說「含不盡之意，見於言外」，可見詩語言著重於象徵隱喻的，與敘述性的散文不同。

此刻，Susie Arioli的歌聲流瀉整個房間，是我最近發現的一位魁北克爵士女歌手唱的。她的嗓音柔美低沉，旋律歡愉，別有韻味。有時貪戀其歌聲，甚至讓這樂音伴我入眠。

今夜，肯定是現代詩的氛圍與這優美樂音一旁催化，讓我寫了兩首瞎掰詩。

二胡

一日至公園散步，走至池塘邊，聽見有人拉二胡，其樂音淒楚哀怨，如泣如訴，自遠處傳來。池畔矗立數棵枝葉茂密的柳樹，柳葉一叢叢垂懸在池上隨著風搖擺，池中水鴨四處游走覓食。聽這音樂，看這柳樹，一時讓我有些恍惚，以為身在台北或大陸某個華人城市。

沿著池邊走至池塘另一頭，又見這位長者在樹蔭下拉胡琴自娛。

他經常帶兩種樂器，有時拉京胡，有時拉二胡。每回遇見這長者，我會駐足聽他拉一兩首。他來自湖北，七十歲，但身體硬朗，看起來比實際年齡年輕。他說，正遞件辦理依親申請，本來是不想辦，但有個身分來去總是方便。

這日，遠遠聽見琴聲，他正拉「月夜」這曲子。我頗有所感地說，二胡拉出的琴音過於哀怨！他說，二胡的音色就是這樣，又說，不過也有輕快的。當下拉了一曲「賽馬」，果然節奏輕快，蹄聲揚起，風馳電掣。接著說，其實也有優美的，又拉了「江南春色」；這曲子溫柔婉麗，江南美景果真如風如水般的，隨著琴弦跳躍出來。這時有位頭髮斑白的洋先生，狀極興奮叫了聲：「Erhu fiddle」（二胡），然後隨著琴聲扭了起來，停一會，又告辭散步去了。他跟我說，這位洋先生喜歡二胡，不喜京胡。我笑說：「那很厲害！對我來說，兩種樂器聽起來好像都差不多。」

他聽我提起在台北曾聽過「將軍令」、「陽明春曉」、「十面埋伏」等喜歡的曲子。他說，他歌譜裡有「阿美族舞曲」，可以拉給我聽。他拉這舞曲，我聽得如醉如痴……當我仍在陶醉中。突然間，他又想到另一首台灣歌曲「高山青」，這曲子他不用看譜便拉了，我也難掩心中的喜悅跟著唱和起來。

路上正有兩位婦人散步經過，聽著音樂露出笑容，且頻頻回頭看。我猜想可能是台灣鄉親，便略為提高嗓音以台語吆喝說：「會唱嗎？」她們也以台語回說：「會啊！」然後就一路唱起來，遠遠的，仍隱約聽到她們的歌聲「……阿里山的姑娘美如水啊………」。

當詩與書法相遇

從台灣回來沒多久，就接到葉校長來電說陳瓊芳老師找我。隨即撥了電話過去，陳老師說：「你打得正是時候，今晚洛老有場演講，晚上你過來吃炒米粉，然後一塊聽演講。」我跟老師婉謝「我直接去演講廳，老師不用張羅我的！」「不行！不行！」老師語氣甚是堅持「上回答應你要炒米粉！你一定要來！」又說「不要帶任何東西喔！家裡甚麼都有。」陳老師是我唸國小的導師，名詩人洛夫先生的夫人，我這個學生對她是「沒大沒小」，而她對我這學生是百般照顧。

當晚洛老是應溫哥華地區一華人書法團體的邀約，所做的講演：

首先，詩人談到當初與詩友創辦「創世紀」詩刊的慘澹經營，在毫無外援的窘境下，詩人們自掏腰包來辦這份刊物。時任總編輯的他，需不停的對外辯論、論戰，因此，被一般人視為西化人物。

接著細述他一生的飄泊與創作，至今，他從事現代詩創作已逾六十年，而書法的寫作也二十幾年。他的生命中有兩次流放，一次是國共內戰離開家鄉，是被迫的；第二次的流放，是自我選擇的，來到溫哥華。他先前的創作共有五十餘本著作，到溫哥華又寫了十來本，並完成了一首三千多行的長詩「漂木」。

詩人早年的詩作近乎超現實且充滿魔幻，並長期致力於西化與民族風格的融合與創新，不斷修正自己的美學觀念。年過五十，一次在台灣參觀「中國歷代書法名家展」，深為顏真卿、孫過庭、懷素、蘇東坡、董其昌等人作品的感動。這些歷經數百年的文字，雖然紙質有些變黃，但行氣淋漓酣暢。他深為那字體蘊藏的藝術著迷，隔日便買來紙筆研習。詩人說他這時發現書法之美是有些晚了，不過，幼時父親曾逼著他寫書法，對書法並不陌生。後來又跟隨書法家謝宗安，由麻姑仙壇記、華山碑、石門頌、毛公鼎……一路撰寫研究。

詩人認為寫書法必須注意字的結構及自己風格的完成，要能表達出自己的思想與情感。最好能博覽群帖吸取各家之長，才有可能超越形成自己的面貌。又說寫書法必須把握兩個訣竅，即「提」，字的靈動感，「按」（墨多一點），字的穩定性。書法若能像音樂一般，把握「提」，「按」的律動，字的神韻瀟灑之感便出來了。還說書法跟詩一樣也有空白的，書法中有「筆斷而意不斷」。詩裡頭的空白則是想像的空間，空靈處，讓「言有盡而意無窮」。

他特別引用唐代孫過庭書譜裡的話「初學分布，但求平正，既知平正，務追險絕，既能險絕，復歸平正，初謂未及，中則過之，後乃通會，通會之際，人書俱老。」目前他寫書法的最大困擾是不敢寫得太放縱，讓人認不出字來。

詩人的創作生涯是一段不斷試驗創新的過程，他曾嘗試新詩的書寫內容，像「酒是黃昏時歸鄉的小路」、「譬如朝露／一滴／安靜地／懸在枯葉上／不聞哭聲的／淚。」後來，以新詩體創作對聯，獲得空前的突破。近來，更嘗試唐詩的解構，詩人說：「試著捕捉唐詩中作者的言外之意，沒有明白說出來的。同時用現代生活語言，給詩生命。」詩人當場吟詠並加解說，現舉兩首：

登幽州臺歌陳子昂

原作：前不見古人，後不見來者。念天地之悠悠；獨愴然而涕下。

詩人重新創作：

從高樓俯首下望／人來／人往／誰也沒閒功夫哭泣
再看遠處／一層薄霧／漠漠城邦之外／寂寂無人
天長地久的雲／天長地久的阡陌／天長地久的遠方的濤聲／天長地久的
宮殿外的夕陽
樓上的人／天長地久的一滴淚

鳥鳴澗王維
原作：人閒桂花落，夜靜春山空；月出驚山鳥，時鳴春澗中。

詩人重新創作：

剛拿起筆想寫點甚麼／窗外的桂花香／把靈感全薰跑了／他閒閒的
負手階前／這般月色，還有一些些，一點點……
月亮從空山竄出／嚇得眾鳥撲翅驚飛／呱呱大叫／把春澗中的靜／
全都吵醒

而他仍在等待／靜靜地／等待，及至／月，悄悄降落在稿紙上／把
月光填滿每個空格
在這美好的季節，晚風習習，暗香浮動，感謝洛老及老師，讓我擁
有一個美麗夜晚。

遇見一隻松鼠

你來到跟前
前腳輕壓髮梢
抹了抹臉頰
圓滾滾杏眼凝視些許靦腆

不知　你在路旁守候多久
千年　一個月　兩三小時
風吹雲朵　樹葉沙沙
或許白雲葉子知曉

搔首弄姿的松鼠（溫哥華）　攝影／洪明傑

你是不耐寂寥的
上下樹幹　轉身倒掛
賣弄　討好
而我享受寂靜
愛走人跡罕至的小徑
我未見過不怕生的松鼠
如你
莫非……
我們曾經見過

說街頭藝人

偶而讀到台灣各地甄選街頭藝人的新聞，甚至家鄉也有這樣的訊息。可見旅遊業的火紅，也突顯街頭藝人的重要。

無疑的，街頭藝人是城市中一道美麗風景。旅人或許有這樣經驗，初抵一個城市，除被景點吸引外，那廣場、街頭、轉角的藝人表演，同樣引人入勝。

街頭藝人身懷絕技，顯現絕妙的創意與天分。印象深刻的，有以各種大小不同，材質迥異的桶子組成「爵士鼓」，打出不同尋常的鼓聲。有以杯口大小不一玻璃杯，注入高低不等的水量，以手摩擦出優美旋律來。需要與觀眾互動的表演，同樣表現出高超的幽默，引來觀眾笑聲不斷。仔細觀察街頭藝人的機智慧黠，還可從中發現不少學問哪！

每次到鬧區，走出捷運遠遠便聽到一陣悠揚的樂音，小提琴、手風琴或是吉他……，像排班似的總有藝人守在那兒演奏。國慶前數個周末，溫市政府管制了鬧區幾個路段，規劃成街頭藝人表演場所。因此，一到周末，市民遊客麇集於此觀賞表演。除一般樂器演奏外，還有變魔術的、騎高單輪車的、表演縮骨功的，將自己塞入一數十公分見方透明盒內、有全身以鐵鍊綑綁，然後蹦蹦跳跳自我解開的……等生動表演。不得不讚賞這項規畫，市府幾乎不花一毛錢，只管制交通，便營造出慶典的歡愉氛圍來。同時，街頭藝人有了舞台表演，又有來自遊客打賞的收入。

台灣的街頭藝人一樣令人激賞！刻板印象中，我一直認為爵士鼓是屬於男性的，當見識到一少女鼓手的精彩表演，改變了這樣的想法；她熟練的鼓技偶而耍耍鼓槌，觀眾看得如醉如痴。淡水河畔女歌手淒楚哀怨的台語歌曲，如怨如慕，如泣如訴，讓人低迴。仲夏夜，高雄愛河遊船來回穿梭，拎著冰品的陸客絡繹於途，岸邊吹奏薩克斯風的藝人，一首首老歌，旋律悠揚，迴盪於月色中。

俗話說「台上一分鐘，台下十年功」，街頭藝人台上的精湛表演，背後交織著汗水與辛勞。下回，當我們看完表演，除了用力鼓掌，不要忘了投個銅板鼓勵！

少年牧羊人

文藝復興三傑之一的米開蘭基羅於雕塑、繪畫、建築、詩作等方面都有傑出表現。大衛雕塑是他二十七歲那年接受委託以大理石打造，高五百十七公分，前後花了約三年時間完成的。

大衛捲曲的頭髮，健壯勻稱的體格。他左肩披掛著投石帶，右手垂放手掌握著石頭，兩膝微微彎曲重心放在右腳上。頭微向左轉，頸部、手臂及手背筋脈凸顯可見。目光如炬直視前方，神情專注，一副英姿煥發準備戰鬥的表情。

大衛雕塑（高雄）
攝影／洪明傑

傳說強敵哥萊亞（Goliath），有著巨人般魁梧的身材，驍勇善戰無人能敵。年輕牧羊人大衛初生之犢不畏虎，面對強敵憑著智慧、信心、勇氣應戰。他快速甩動投石器奮力一擊，颼的一聲，石頭飛了出去，不偏不倚正擊中哥萊亞的額頭。沒想到，哥萊亞應聲倒地，再也起不來，大衛成了大英雄。

這是一件原尺寸的複製品，仰望巨大身影，讓人產生敬畏。米氏以鬼斧神工，過人氣魄，完成這不朽的傑作。漫長的三年與這堅硬、頑強、冰冷的大理石博鬥；一斧一鑿，金石相擊，迸出的火花、煙硝、塵埃瀰漫空氣中；碎片、灰屑，覆蓋著頭髮全身。如此粗重耗損體力的工作，要多大的熱誠、堅持與毅力。或許，這也正是藝術撼動人心，給人力量的原由。

奇妙的盒子

藝術家康乃爾（Joseph Cornell）以綜合媒材創作或稱作「拼貼畫」著稱，說來奇怪，觀賞他的作品讓我想起一連串童年往事：自製的玩具陀螺、滾鐵環、鋁罐踩高蹺、元宵節關刀燈……像倒帶似的一幕幕顯示在眼前。還有更小的年紀參與大姊及其玩伴的扮家家酒，記得她們用白布縫製布娃娃內填棉花，臉部畫五官，用毛線做頭髮，且幫娃娃縫製裙子長褲各式衣物。布娃娃放在紙盒裡，每當玩扮家家酒就將紙盒打開，讓布娃娃扮演各種角色。

康乃爾的每件作品就像是一盒玩具，他的作品通常放置在一個木頭箱子裡，內容有演員、地圖、鸚鵡等剪報圖片，有玩具、玻璃杯、彈珠、郵票、銅板、軟木塞……。看他的作品，就如同孩童在玩一個遊戲，使人滿足而快樂。我尤其能體會這樣的快樂，曾在一篇文章說「抽屜內，祖母擺了昔日縫紉用的纏線木軸子、銅板、彈珠、橡皮筋、銅鈴、小木製粿印、諸葛四郎及三國演義人物的尪仔標、錫製玩具、積木……等，這裡成了我們孩子的遊戲場。以現代的眼光來看，這可是祖母安排的遊戲角落。」我依稀記得曾在這處角落將不相干的物件透過遐想組成想像中的造型，度過了一段愉快的童年時光。

康乃爾有這樣的創作理念跟他的生長背景有些關聯，他出生在紐約附近的一個鄉鎮，經常被商家美觀的櫥窗吸引，同時，喜歡觀賞歌劇、看電影或是參觀博物館。或許這樣，引發了他想以櫥窗或是舞台的形式來表達創作。他每件作品有一個主題，作品內容，剪貼自雜誌報紙的資料以及一些平日的收集品。

依我粗淺的想法，他的「奇妙盒子」蠻適合孩子來玩的，無論才藝班或是親子一塊玩都甚為理想。透過綜合媒材的運用，可讓孩子產生一些無邊無際的聯想，而剪報可讓孩子獲得故事性的啟發。若盒子放入孩子喜歡的玩具，更可提高孩子的興趣。

只要幫孩子準備一個鞋盒，找來幾片硬紙板依需要隔開成幾個空間。確定了主題，便可開始蒐集材料，這時，便是孩子想像翱翔的時刻了。

臨帖

那些年，兩岸對峙，對岸如火如荼地搞「批孔」、「文化大革命」；我們則以洶湧彭湃的「復興中華文化」回應。當然，復興中華文化書法是不可少的。在我中小學階段，幾乎都有以毛筆書寫的作業。記憶較深刻的，高中時每星期必繳的兩項作業，一是寫兩頁包含大小楷的書法，另一是以蠅頭小楷寫一篇週記，這規定就是當週有段考也不可免。記得當時的週記附有一份經國先生的「自反自勉錄」，有時忙著準備考試，無心自我反

臨帖（金門）　攝影／洪明傑

省，只好從中抄一小段，再胡謅幾句交差。其實，寫書法早在國小便已開始了，我起初臨柳公權玄秘塔，後來又臨顏真卿麻姑仙壇記，自己揣摩筆法，一筆一劃依樣畫葫蘆。

兩年前返鄉，碰到母親骨質疏鬆症住院，後經注射調養稍可下床。不過步履蹣跚，須穿護腰支撐脊椎，微駝的身影更形佝僂。在老家陪母親三星期，每早幫母親蒸饅頭泡麥片準備早餐，睡前準備盥洗用水、提醒吃藥、清洗假牙。整天陪伴母親寸步不離，深怕一不小心跌倒了。其間，有時與母親閒話家常，有時母親看她最愛的歌仔戲，我便找來筆墨在一旁臨帖，一橫一豎，一撇一鉤，重溫我青春時代的書法時光；這樣，斷斷續續寫也臨摹了一大疊。

這一寫，好像又寫出興味來。隔年，遊黃山，過歙縣，見雕工細緻的硯台極為喜愛，但索價頗高只得作罷。不過帶回大小不一的毛筆數種及一種不需墨汁，沾水便可寫出字跡的「萬用紙」。又往台北和平東路挑選碑帖數種，希望藉此與書法再續前緣。時光匆匆，這些文具放在案頭一擱又是一年多，仍紋風不動，說來汗顏。

不期而遇幾部老電影

一日，跟電話公司抱怨網路的速度，對方說可以提供較大頻寬試用，試用期後，若感覺滿意要繼續使用得多付費用。另外，願意提供幾個電影頻道免費試看。但幾次轉到這些電影台，不是影片過於老舊，就是內容無法吸引人，甚至還有早年的黑白片，後來也就忘了這檔事。時光匆匆，試用期到了，打電話取消這些頻道，服務人員說，願意再提供不同的電影頻道試看，就姑且再試之。

這回總算有讓我喜歡的影片。我沒刻意去查訪節目表，只是偶而坐在客廳沙發上打開這些頻道，見到喜歡的就看，有時中途有事離開，往往一部電影只看了後半段或其中一小段。說來，這些頻道像似讓我觀賞電影預告片，值得一看的，我就上圖書館搜尋ＤＶＤ，沒想到，想看的幾個片子都找到了！

中文片名叫《意外邊緣》的In the bedroom，敘述一對夫婦Matt（湯姆威金森飾）和Ruth（西西史派克飾），他們年輕的兒子愛上了一位年紀較大且與丈夫婚姻出現問題的婦人。不幸地，兒子後來被婦人的丈夫殺害了。

一向平靜幸福的家庭，沒想過生活會起這樣的大波瀾。這突如其來的悲劇，讓Ruth心中的憤懣、怨尤、咆哮、無處可訴的怒氣一股腦兒往Matt身上發洩。其中，當Ruth出外購物遇見兇手仍逍遙法外心中怒不可遏，回到家中與Matt的爭論最為精采，Ruth或沉默不語、或狂怒咆哮、或低吟哽咽……到彼此相互指責，互相撫慰……，表情、情緒、言語、聲調……發揮得淋漓盡致，兩人紮實的演技令人激賞。

《揮灑烈愛》（Frida）是女畫家芙烈達‧卡蘿（莎瑪海耶克飾）的傳記及與丈夫知名墨西哥壁畫家狄亞哥間愛恨交織的情史。芙烈達在一場車禍中嚴重受傷，身上多處骨骼斷裂，但她仍堅強地從事熱愛的繪畫。她的畫作真實表現自己，將流血、痛苦、哭泣、穿鐵衣支撐軀幹，以及身體內的器官……赤裸裸地表現出來，畫面震撼人心，讓人不敢直視。

片中墨西哥文化、拉丁的浪漫歌舞、豔麗的色彩、芙烈達深具特色的服飾，是劇情外的迷人之處。

曾看過的《長日將盡》仍值得再看，由安東尼霍普金斯扮演富豪管家Stevens，是位一板一眼極度忠誠嚴謹的管家，從不輕易表露情感。女管家Kenton（艾瑪湯普遜飾）日久對他產生情愫，但Stevens卻完全無動於衷。最後一幕在滂沱大雨中，當兩人緊握的手鬆開離別那刻，依依的離情令人扼腕。

片中當富豪準備宴請賓客，宴席長桌上為求餐具擺放整齊劃一，特地以尺量度。雖只是一個鏡頭帶過，讓人印象深刻，顯露出上流社會精緻與奢華的一面。

善於裝扮女人的雷諾瓦

暮春，溫哥華的花兒開得繽紛燦爛一波接一波，先是吉野櫻，後是八重櫻，接著像燃燒般遍地開著各式各樣的花朵。美景當前，一時興起畫了幾幅以「櫻花戀」為題的拙作，並拍照貼於部落格上。友人見了，除了告知台北近期將舉行雷諾瓦畫展，並委婉表示其中一幅「櫻花與教堂」既然是表現櫻花盛開景況，似可讓櫻花擁有較大畫面教堂退縮花叢後。並傳來雷諾瓦一幅屋子掩隱於樹林後的畫作，對友人坦誠直言銘謝於心。

說到雷諾瓦，很自然聯想到他的畫《煎餅磨坊的舞會》（Ball at the Moulin de la Galette）、《船上的午宴》（The Luncheon of the boating party）、《兩少女彈鋼琴》（Young girls at the piano），還有晚年他那些浴女圖來。在《煎餅磨坊的舞會》中，他描繪中產階級娛樂生活的狀態，這是以往畫家少有反應實際生活的主題。畫面人物眾多，男士西裝革履女士衣香鬢影。《船上的午宴》則是另一種休間氣氛，與會的女性仍然是濃妝豔抹，戴著花朵裝飾的帽子，畫面充滿歡愉氣氛。這兩幅畫人物很多，但個個栩栩如生，表情生動。一時想到，以往沒有現代方便的相機可拍些人物動作來參考，完成這些畫前，可要先花不少心力描繪人物間互動草圖。

雷諾瓦年少時曾在瓷器上彩繪人物及風景，並從古典人物及洛可可的裝飾吸取養分。隨後又從德拉克洛瓦、庫爾貝等人得到啟發。認識莫內後，與莫內、莫里索、竇加、塞尚、畢沙羅、薛斯利等人在巴黎舉辦落選沙龍展，時人稱之為「印象派」畫展。他常與莫內到戶外寫生，直接面對大自然畫畫，畫鄉間原野、巴黎街景、公園、塞納河船隻、咖啡館裡的人生百態。遊歷義大利後，受到拉斐爾，還有對拉斐爾同樣推崇備至的新古典主義畫家安格爾的影響，使得他的畫風有了極大的改變，也成就了日後數量頗豐的浴女畫作。

他畫的浴女身材豐腴，設色溫暖。那些女體，有著明亮的色彩、平滑的修飾、清晰的輪廓，像極了古典壁畫。畫中的女子不再是當時巴黎的女人，背景也不再是真實的環境，換句話說，更像是不受時空影響的永恆美女。

雷諾瓦善於裝扮女人，他畫的女人常戴著亮麗的帽子，帽上有著鮮豔奪目的花朵及蕾絲緞帶等裝飾，有的女子則簡單別著別緻髮夾或各種顏色的蝴蝶結，但各有各自風情。其實，他不只裝扮女人，他畫的孩童也一樣裝扮得漂漂亮亮的，一副天真無邪模樣。

駕觔斗雲者

曾經
我　叱吒風雲　氣沖斗牛
大鬧天庭
顛覆龍宮
甚至　王母娘娘的蟠桃也偷吃了

但是
世人只記得我　騰雲駕霧　風馳電掣
翻個觔斗　十萬八千里的快意人生
卻不見迸出石頭前
我也曾經　餐風露宿　電擊雷劈
五百年

孫行者（林口）　攝影／洪明傑

甜蜜的滋味

一眼望見這只茶壺，思緒一下飄得好遠。小時候，住家附近的貞節牌坊下有家茶館，茶館除了泡茶，還不時有南管演奏，演奏者都是來茶館泡茶的常客。因這場地，南管愛好者有了表演舞台。當人數湊足時，便開始彈奏三弦、二胡、琵琶……等不同樂器。主唱者一面唱，雙手舉著數片類似竹片疊成的響板於胸前，隨著吟唱及節奏拍著響板。這樣的即興表演，經常引來路人駐足觀賞。

但南管樂團不是我那時關注的焦點，反倒常被擺在茶館爐上的那支長嘴茶壺所吸引。當水開時，壺嘴冒出一股強而有力的蒸氣白煙、發出急促的笛聲。老闆熟練的將壺裡倒出的水柱畫出一道美麗的弧，巧妙地注入一碗碗的麵茶裡，濃郁麵茶香跟著四溢瀰漫開來。

麵茶的香味我並不陌生，在那個年代，母親偶而也炒麵茶給我們當點心吃。母親以豬油爆紅蔥頭，加入麵粉炒，接著以篩網過濾，將粗的部分磨細再過篩。

甜蜜的滋味（菁桐）　攝影／洪明傑

有段期間，母親炒的麵茶成了孩子寒冷冬夜最可口的宵夜。那碗熱騰騰的麵茶，雖時光已遠至今難忘懷！

竇加的芭蕾舞者

多年前曾於台北一次畫展，因喜歡竇加芭蕾舞者的畫作，買了數張複製畫。竇加的芭蕾舞畫作瑰麗多彩，舞者或踮著腳尖跳躍，或邁開雙腿飛越，或動作優雅輕盈。繽紛華麗的舞衣，光彩奪目。舞者的柔美身段，舉手投足間，讓人隱約感受畫中愉悅的旋律來。

竇加是印象派的健將之一，當其他畫畫同儕揹著畫架往戶外捕捉不同時段的光影，他選擇在巴黎歌劇院、舞蹈教室，仔細的觀察紀錄，畫下舞者每個動作，每個細節，甚至舞者的疲憊、打呵欠、伸懶腰，舞者家人的陪伴等待都一一被畫了下來。他總共畫了一千多幅素描、油畫、粉彩的舞蹈畫。

藝術工作需要持續不斷經年累月的練習，芭蕾舞也是，一個轉身、抬腿，可能須練習個十遍、數十遍、甚至百遍，在舞台光鮮表演的背後是辛勤與汗水。通常這些舞者都是較為貧寒人家的女孩，她們每日辛苦勤練，希望有一天能成為芭蕾舞演員。因此，每回舉行的選拔徵選，每個女孩無不舞出渾身解數。

其實，竇加畫畫題材並不限於芭蕾舞者，他畫馬及騎師，也畫浴女，還有不少人物畫。但一提到竇加就讓人聯想到他的芭蕾舞畫作，或許那絲錦般亮麗的舞衣，優婉閑雅的舞姿令人產生共鳴！事實上，芭蕾舞者平日練舞穿著簡樸，但畫家巧裝扮，在畫中為舞者腰間多加了彩帶，頸項間多了黑色緞帶，頭髮多了美麗髮飾，隨著旋律起舞的舞者更加絢麗浪漫了。

莫內的蓮花

讀過畫家吳冠中一篇文章，有一回他面對著一片草坪，突然有個天馬行空的想法。他說「面前只是空蕩蕩的一片草坪，沒甚麼可看可玩的，我感到分外的舒適，彷彿覺得那草坪就是池塘，就是湖泊，就是海洋，是浩渺的空間，有無盡的蘊藏。」又說「……必須先有空閒，閒思閒想，畫意才慢慢甦醒。我永遠需要這段空閒與遐想，它是創作生涯中的草坪。」

莫內於中晚年在吉維尼（Giverny）屋舍旁開鑿了一個人工池塘，引進盧河的水，池塘內種植蓮花，於最窄處建了一座日式小橋。將身心安頓於這一方恬靜水塘，直到他過世前的二十幾年，他畫畫的內容主題幾乎以這花園為對象。不禁讓我想到這蓮花池是否也是他的湖泊，他的海洋，他創作生涯中的草坪。這裡，他閒思閒想，畫水面的睡蓮、岸邊的垂柳、池塘邊的鳶尾花，也畫那座日本橋。

其實，這池塘並不大，他圍繞著池塘以各種視角不停的畫。他持續不斷捕捉追尋著光，晨曦、黃昏、雨露、豔陽等不同時刻池塘水面的光影。那藍色天空倒影、垂掛搖曳柳條、橋的影子、偶而飄過的白雲、池面睡蓮及園裡的花花草草，構成這一系列美麗畫幅。後來由於白內障眼疾，筆觸轉為粗曠、奔放、寫意，畫幅由小而大，甚至大到長十二公尺的巨幅畫作。

莫內生命終點前的這些睡蓮畫作色彩豐富筆觸繁複，水影流動波光閃爍，朵朵蓮花像似隨著微風，隨著水波蕩漾著。

邱吉爾與小布希總統的畫

一回在圖書館找書，無意中發現一本邱吉爾的畫冊，讓人頗為驚訝，原來邱吉爾也畫畫的。不僅如此，更令人驚訝的，邱吉爾還是一九五三年諾貝爾文學獎的得主。這位二戰時期領導英國力抗德國納粹的首相，不但運籌帷幄成就斐然，本身的文藝涵養同樣讓人刮目相看。邱氏四十歲開始作畫，剛開始他認為畫畫是高深莫測的事，直到實際投入才發覺繪畫的趣味無窮。這個嗜好讓他找到另外一個世界，在這裡他可以暫時遠離煩雜及繁忙的政治事務。

自從邱氏開始畫畫後，他更加留意周遭的變化及美景，並從中獲取樂趣。他驚訝地發現「自然景色中還有那麼許多以前未注意到的東西。每當走路乘車時，附加了一個新目的，那可真是新鮮有趣。……我一邊散步，一邊留心著葉子的色澤和特徵，山巒迷樣的紫色，冬天枝幹絕妙的邊線……。」他發覺著手繪畫，讓他的眼睛好像多開了一扇窗，發現一些本已存在而以往卻視而不見。

邱吉爾的畫作以自然風景為主也有部分室內景物人物及靜物，由於他對繪畫的熱情專注，身後留下五百多幅畫作。其中一幅較為人知的是邱氏送給美國總統杜魯門的摩洛哥古城《馬拉喀什》。杜氏於一九七二年辭世，這畫後來歸杜氏女兒所有。

有趣的是美國前總統小布希退休後專心畫畫，最近於德州達拉斯「喬治布希總統圖書館」舉辦展覽。他說，曾讀過邱吉爾的文章，受到不少畫畫的啟發。小布希畫風景及身邊的貓狗等寵物，但這回展出的畫作以政治人物為主，有普丁、梅克爾、布萊爾、達賴喇嘛等世界各地領袖。小布希將這些人物的面部五官比例掌握得十分精確神韻生動。據小布希說，只學畫兩年。

小布希說「我很認真的看待繪畫，它改變了我的人生。」又稱自己體內住著一個林布蘭特，讓他的繪畫慾望一發不可收拾。令人發噱的，他的畫作簽名都是43，因為小布希自己是美國第四十三任總統。

俗話說，富者因讀書而貴。同樣的，政治人物除了卓越的行政長才外，若又具深厚的文化涵養，將更受到人們的尊崇與稱道。

吻

第二次世界大戰日本宣佈投降日，紐約時代廣場一位水兵得知戰爭結束欣喜若狂，親吻了廣場一位素不相識的護士。這畫面被拍了下來，刊於「生活」雜誌造成轟動。照片傳誦一時，被譽為「勝利之吻」。這位水兵格蘭・馬克達菲日前辭世，享年八十六歲。照片中護士穿著白色制服鞋子，水兵著海軍服戴白色圓形水手帽。水兵右手擁著護士腰際，左手托著護士頭部，傾身將自己埋在護士的臉上忘情親吻，陶醉於戰爭勝利氛圍裡。

吻，對情人來說，相視脈脈，飛眼傳情，透過親吻傳達了那份愛的情愫，是美麗肢體語言，情感交流方式。「勝利之吻」雖不是情人，但這畫面生動，讓我想到幾件經典的藝術作品來。

羅丹的雕塑「吻」，這件作品除了人物姿態肌理流暢自然，同時，刻劃出一對情人勾魂攝魄的深情吸引。他的另一件充滿情感的小品「兩隻手」（Two hands），也令人印象深刻，一豎直女人手掌及另一隻自後頭環握的男人手，且巧妙地將兩手的大拇指輕輕碰觸著，其間的輕柔、關愛，表露無遺。或許，與卡蜜兒蕩氣迴腸的愛戀，對這些情慾與肉體交纏的創作起了發酵作用。

夏卡爾的畫繽紛多變，充滿記憶及天馬行空夢境般詩意的風格。他的「生日」（Birthday）是經典的親吻作品。畫中是夏卡爾的生日，妻子貝拉手捧著鮮花準備為他慶生，室內桌面擺放著糕餅水果，大紅鮮豔的地面及桌子與夏卡爾綠色上衣形成對比，牆上掛著繁複細膩的美麗織物增強了空間充實感。貝拉與夏卡爾兩人漂浮離開地面。更跨張的，飄盪空中的夏卡爾反身轉頭親吻著貝拉，溫馨幸福瀰漫。一說，夏卡爾故鄉方言謂「深受感動」為「翻轉的身體」，從畫中，由夏卡爾身體的大翻轉，你可以看出，此刻，他的心中有多快樂！

談到吻，當然不能不提另一幅名畫，克林姆的「吻」。這畫裝飾性濃厚，男女穿著以金黃色為底的衣服，男的是件寬鬆長袍，女的是緊身衣，衣服上各有不同的繁複裝飾圖案。他們在開滿花朵的草地上，女的跪著，頭往後仰靠在男人的臂彎裏，閉起雙眼，狀極陶醉。男子低頭傾身對女子深情一吻，溫馨浪漫的情人世界。

吻是愛意的表現，人生的美妙事。有人說吻「是一段柔和月光下，揚帆伊甸園的航程」，有人說「輕顫如一首歌，矇矇，芬芳而宜人」，有人認為「有如番紅花成熟時的氣味」，……。你以為哪？

行旅箱

行旅箱

這是我的行旅箱
是的　那時我們流行這款式　堅固　牢靠
箱內有我幾件換洗衣物　一把故鄉泥土
還有一件我新婚的伊　親手縫製的棉襖

這是我的行旅箱
將跟著我飄洋過海橫渡難測的颶風狂浪海流
箱子分享我複雜的心情　一個未知的未來
我惶恐　畏懼　幻想　憧憬

行旅箱（溫哥華）
攝影／洪明傑

這是我的行旅箱
箱子深知我的秘密
離別或不離　我心千萬難
只因與伊有個夢　蓋棟房子　養幾個孩子
朝夕相守　不分離

〔後記〕

十九世紀中葉，北美闢建東西橫貫鐵路，需求勞工孔急。數年間，幾萬華工懷著理想前往築夢。他們於崇山峻嶺間開鑿隧道架設鐵橋，工作倍極艱苦。困頓失意流落異鄉者多，築夢有成者少。圖中的幾個木箱子是華工攜來北美的「行旅箱」。

陶藝人物

與美相遇有時很偶然。

一次，我在一所中學看到通道櫥窗展示著學生美藝作品，趨前一看頗為驚喜。那種啟發引導的教學理念、讓學生可以自由想像以及透過美學理論實踐於學生作品中，讓人印象深刻。

近日特別帶著相機又去一趟，當天陽光燦爛，是個氣溫宜人，讓人心情愉悅的日子，心中暗自期待櫥窗能有精彩的作品。到了學校，作品再度讓我驚訝，櫥窗以另一種面貌展現，雖沒有上回的實驗特

陶藝人物（溫哥華）　攝影／洪明傑

性，不過作品極具可觀性。展出的陶藝作品，有色彩明亮的馬賽克陶板也有人物雕塑，人物造型大膽逗趣可愛。

走入雪中

清晨　戶外雪地一片銀白
沒有　足印及車輾軌跡
景色自然天成

雪花於空中飛舞
如　棉絮　如　撒鹽
輕盈飄落

一排碩大松樹
任雪來裝扮
層層松葉鑲著銀邊

走入雪中（溫哥華）　攝影／洪明傑

樹幹如粉撲抹過

穿梭樹叢　落雪無聲

走過雪地　鬆軟如絨毯

純白顏色　如國畫留白

給了大地　空靈　想像

獵海人

海水藍藍

作　　者　洪明傑
圖文排版　楊家齊
封面設計　洪明傑 / 楊廣榕
出 版 者　洪明傑
製作發行　獵海人
114 台北市內湖區瑞光路76巷69號2樓
電話：+886-2-2518-0207
傳真：+886-2-2518-0778
服務信箱：s.seahunter@gmail.com
展售門市　國家書店【松江門市】
10485 台北市中山區松江路209號1樓
電話：+886-2-2518-0207
三民書局【復北門市】
10476 台北市復興北路386號
電話：+886-2-2500-6600
三民書局【重南門市】
10045 台北市重慶南路一段61號
電話：+886-2-2361-7511
網路訂購　博客來網路書店：http://www.books.com.tw
三民網路書店：http://www.m.sanmin.com.tw
金石堂網路書店：http://www.kingstone.com.tw
學思行網路書店：http://www.taaze.tw
法律顧問　毛國樑　律師

出版日期：2015年6月POD一版
2015年10月POD二版
定　　價：290元

Printed in Taiwan

國家圖書館出版品預行編目

海水藍藍 / 洪明傑著. -- 金門縣金城鎮 : 洪明傑, 2015.06
面；　公分
POD版
ISBN 978-957-43-2606-8(平裝)

855　　104011406